동백꽃

동백꽃

발행일 2001년 9월 5일 1판 1쇄 발행
2002년 7월 10일 1판 2쇄 발행
2006년 11월 30일 2판 1쇄 발행

지은이 김유정
엮은이 오태호

펴낸이 임은주
펴낸곳 청개구리
출판등록 2003년 10월 1일 제22-2403호
주소 (137-070) 서울 서초구 서초동 1359-4 동영빌딩
전화 02) 584-9886~7 / 팩스 02) 584-9882
전자우편 treefrog2003@hanmail.net
네이버 블로그 청개구리출판사

주간 조태림 / 편집 전지원 / 디자인 임명진 / 마케팅 김상석 / 관리 조현상

값 6,500원

잘못된 책은 바꾸어 드립니다.
엮은이와의 협의에 의해 인지는 붙이지 않습니다.
ⓒ2006 청개구리, 오태호

Copyright ⓒ 2006 CHEONGGAEGURI
Publishing Co. & Oh, Tae Ho.
All right reserved.
First published in Korea in 2006 by CHEONGGAEGURI Publishing Co.
Printed in Korea.

ISBN 89-954496-5-9
ISBN 89-954496-1-6(세트)

청개구리 1텐1텐 문고 ❹

김유정 대표 소설선
·
오태호 엮음

동백꽃

청개구리

김유정(1908~1937)

차 례

 봄봄 9

 산골 나그네 29

 솥 49

 산골 79

 동백꽃 101

 노다지 115

 금 따는 콩밭 133

 금　153

 소낙비　165

 땡볕　187

십대들을 위한 감상의 길잡이

김유정 문학 자세히 읽기
비극적 현실의 해학적 풍자 / 오태호　200
김유정 문학사전　219
논술 포인트 10　231

일러두기

1. 이 책에 실린 김유정 소설 작품의 띄어쓰기 및 맞춤법은 원작의 의미를 훼손하지 않는 범위내에서만 현대 표기법에 따랐음을 밝혀 둔다.
2. 소설 속에 나오는 고어 및 한자어 등 어려운 낱말은 본문에 *를 달아 표시하고 책 뒤쪽의 〈김유정 문학사전〉에서 설명해 놓았다.

봄봄

　　■　장인님은 더 약이 바짝 올라서 잡은 참 지게 막대기로 내 어깨를 그냥 내리갈겼다. 정신이 다 아찔하다. 다시 고개를 들었을 때, 그때엔 나도 온몸에 약이 올랐다. 이 녀석의 장인님을, 하고 눈에서 불이 퍽 나서 그 아래 밭 있는 낭떠러지 아래로 그대로 떠밀어 굴려 버렸다. 조금 있다가 장인님이 씩, 씩, 하고 한번 해보려고 기어오르는 걸 얼른 또 떠밀어 굴려 버렸다. 기어오르면 굴리고, 굴리면 기어오르고, 이러길 한 너덧 번을 하며 그럴 적마다, "부려만 먹구 왜 성례 안 하지유?" 나는 이렇게 호령했다.

봄봄

"장인님! 인젠 저……."

내가 이렇게 뒤통수를 긁고, 나이가 찼으니 성례*를 시켜 줘야 하지 않겠느냐고 하면 그 대답이 늘,

"이 자식아! 성례구 뭐구 미처 자라야지!" 하고 만다.

이 자라야 한다는 것은 내가 아니라 장차 내 아내가 될 점순이의 키 말이다.

내가 여기에 와서 돈 한푼 안 받고 일하기를 삼 년하고 꼬박이 일곱 달 동안을 했다. 그런데도 미처 못 자랐다니까 이 키는 언제야 자라는 건지 짜장 영문 모른다. 일을 좀더 잘해야 한다든지 혹은 밥을 (많이 먹는다고 노상 걱정이니까) 좀 덜 먹어야 한다든지 하면 나도 얼마든지 할 말이 많다. 하지만 점순이가 아직 어리니까 더 자라야 한다는 여기에는 어째 볼 수 없이 그만 벙벙하고 만다.

이래서 나는 애초에 계약이 잘못된 걸 알았다. 이태면 이태, 삼 년이면 삼 년, 기한을 딱 작정하고 일을 해야 원 할 것이다. 덮어놓고 딸이 자라는 대로 성례를 시켜 주마, 했으니 누가 늘 지키고 섰는 것도 아니고 그 키가 언제 자라는지 알 수 있는가. 그리고 난 사람의 키가 무럭무럭 자라는 줄만 알았지 붙박이 키에 모로*만 벌어지는 몸도 있는 것을 누가 알았으랴. 때가 되면 장인님이 어련하랴* 싶어서 군소리 없이 꾸벅꾸벅 일만 해왔다.

 그럼 말이다, 장인님이 제가 다 알아차려서,

 "어 참, 너 일 많이 했다. 그만 장가들어라" 하고 살림도 내주고 해야 나도 좋을 것이 아니냐. 시치미를 딱 떼고 도리어 그런 소리가 나올까 봐서 지레 펄펄 뛰고 이 야단이다. 명색이 좋아 데릴사위지 일하기에 싱겁기도 할 뿐더러 이건 참 아무것도 아니다.

 숙맥이 그걸 모르고 점순이의 키 자라기만 까맣게 기다리지 않았나. 언젠가는 하도 갑갑해서 자를 가지고 덤벼들어서 그 키를 한번 재 볼까 했다마는, 우리는 장인님이 내외를 해야* 한다고 해서 마주 서 이야기도 한마디 하는 법 없다. 우물길에서 어쩌다 마주칠 적이면 겨우 눈어림으로 재 보고 하는 것인데 그럴 적마다 나는 저만큼 가서,

 "제—미 키두!" 하고 논둑에다 침을 퉤, 뱉는다. 아무리 잘 봐야 내 겨드랑(다른 사람보다 좀 크긴 하지만) 밑에서 넘을락말락 밤낮 요 모양이다. 개 돼지는 푹푹 크는데 왜 이리도 사람은 안 크는지, 한동안 머리가 아프도록 궁리도 해보았다. 아하, 물동이를 자꾸 이니까 뼈다귀가 움츠러드나 보다, 하고 내가 넌짓넌지시 그 물을 대신 길어도 주었다. 뿐만 아니라 나무를 하러 가면 서낭당에 돌을 올려놓고,

 "점순이의 키 좀 크게 해줍소사. 그러면 담엔 떡 갖다 놓고 고

사드립죠니까" 하고 치성*도 한두 번 드린 것이 아니다. 어떻게 돼 먹은 킨지 이래도 막무가내니…… 그래 내 어저께 싸운 것이지 결코 장인님이 밉다든가 해서가 아니다.

모를 붓다가* 가만히 생각을 해보니까 또 싱겁다. 이 벼가 자라서 점순이가 먹고 좀 큰다면 모르지만 그렇지도 못한 걸 내 심어서 뭘 하는 거냐. 해마다 앞으로 축 불거지는 장인님의 아랫배(가 너무 먹은 걸 모르고 냇병이라나, 그 배)를 불리기 위하여 심곤 조금도 싶지 않다.

"아이구 배야!"

난 물 붓다 말고 배를 쓰다듬으면서 그대로 논둑으로 기어올랐다. 그리고 겨드랑에 꼈던 벼 담긴 키를 그냥 땅바닥에 털썩 떨어뜨리며 나도 털썩 주저앉았다. 일이 암만 바빠도 나 배 아프면 그만이니까. 아픈 사람이 누가 일을 하느냐. 파릇파릇 돌아 오른 풀 한 숲을 뜯어 들고 다리의 거머리를 쓱쓱 문대며* 장인님의 얼굴을 쳐다보았다.

논 가운데서 장인님이 이상한 눈을 해 가지고 한참을 날 노려보더니,

"너 이 자식, 왜 또 이래 응?"

"배가 좀 아파서유!" 하고 풀 위에 슬며시 쓰러지니까 장인님은 약이 올랐다. 저도 논에서 철병철병 둑으로 올라오더니 잡은

참 내 멱살을 움켜잡고 뺨을 치는 것이 아닌가.

"이 자식아, 일허다 말면 누굴 망해 놀 셈속*이냐, 이 대가릴 까놀 자식!"

우리 장인님은 약이 오르면 이렇게 손버릇이 아주 못됐다. 또 사위에게 이 자식 저 자식 하는 이놈의 장인님은 어디 있느냐. 오죽해야 우리 동리에서 누굴 막론하고 그에게 욕을 안 먹는 사람은 명이 짧다 한다. 조그만 아이들까지도 그를 돌려 세워 놓고 욕필이(본 이름이 봉필이니까), 욕필이, 하고 손가락질을 할 만큼 두루 인심을 잃었다. 하나 인심을 정말 잃었다면 욕보다 읍의 배 참봉댁 마름*으로 더 잃었다. 번히* 마름이란 욕 잘하고 사람 잘 치고 그리고 생김 생기길 호박개* 같아야 쓰는 거지만 장인님은 외양에 똑 됐다. 작인이 닭 마리나 좀 보내지 않는다든가 애벌논* 때 품을 좀 안 준다든가 하면 그해 가을에는 영락없이 땅이 뚝뚝 떨어진다. 그러면 미리부터 돈도 먹이고 술도 먹이고 안달*재신으로 돌아치던 놈이 그 땅을 슬쩍 돌라안는다. 이 바람에 장인님 집 빈 외양간에는 눈깔 커다란 황소 한 놈이 절로 엉금엉금 기어들고, 동리 사람들은 그 욕을 다 먹어 가면서도 그래도 굽신굽신 하는 게 아닌가―.

그러나 내겐 장인님이 감히 큰소리할 계제*가 못 된다. 뒷생각은 못 하고 뺨 한 대를 딱 때려 놓고는 장인님은 무색해서 덤

덤히 쓴 침만 삼킨다. 난 그 속을 퍽 잘 안다. 조금 있으면 갈*도 꺾어야 하고 모도 내야 하고, 한창 바쁜 때인데 나 일 안 하고 우리 집으로 그냥 가면 그만이니까. 작년 이맘때도 트집을 좀 하니까 늦잠 잔다고 돌멩이를 집어 던져서 자는 놈의 발목을 삐게 해놨다. 사나흘 씩이나 건성 끙, 끙, 앓았더니 종당에는 거반 울상이 되지 않았는가.

"얘, 그만 일어나 일 좀 해라. 그래야 올 갈에 벼 잘되면 너 장가들지 않니?"

그래 귀가 번쩍 뜨여서 그날로 일어나서 남이 이틀 품 들일 논을 혼자 삶아* 놓으니까 장인님도 눈깔이 커다랗게 놀랐다. 그럼 정말로 가을에 와서 혼인을 시켜 줘야 원 경우가 옳지 않겠나. 볏섬을 척척 들여 쌓아도 다른 소리는 없고 물동이를 이고 들어오는 점순이를 담배통으로 가리키며,

"이 자식아, 미처 커야지. 조걸 무슨 혼인을 한다고 그러니, 원!" 하고 남 낯짝만 붉게 해주고 그만이다. 골김에* 그저 이놈의 장인님, 하고 댓돌에다 메꽂고 우리 고향으로 내뺄까 하다가 꾹꾹 참고 말았다. 참말이지 난 이 꼴 하고는 집으로 차마 못 간다. 장가를 들러 갔다가 오죽 못났어야 그대로 쫓겨 왔느냐고 손가락질을 받을 테니까…….

논둑에서 벌떡 일어나 한풀 죽은 장인님 앞으로 다가서며,

"난 갈 테야유, 그 동안 사경* 처내슈."

"너 사위로 왔지, 어디 머슴 살러 왔니?"

"그러면 얼찐 성례를 해줘야 안 하지유. 밤낮 부려만 먹구 해준다 해준다……."

"글쎄 내가 안 하는 거냐? 그년이 안 크니까……."

하고 어름어름 담배만 담으면서 늘 하는 소리를 또 늘어놓는다.

이렇게 따져 나가면 언제든지 늘 나만 밑지고 만다. 이번엔 안 된다 하고 대뜸 구장님한테로 판단 가자고 소맷자락을 내끌었다.

"아, 이 자식아, 왜 이래? 어른을."

안 간다고 뻗디디고 이렇게 호령은 제 맘대로 하지만 장인님 제가 내 기운은 못 당한다. 막 부려먹고 딸은 안 주고 게다 땅땅 치는 건 다 뭐야……. 그러나 내 사실 참 장인님이 미워서 그런 것은 아니다.

그 전날 왜 내가 새고개 맞은 봉우리 화전밭을 혼자 갈고 있지 않았느냐. 밭 가생이로 돌 적마다 야릇한 꽃내가 물컥물컥 코를 찌르고 머리 위에서 벌들은 가끔 붕, 붕, 소리를 친다. 바위 틈에서 샘물 소리밖에 안 들리는 산골짜기니까 맑은 하늘의 봄볕은 이불 속같이 따스하고 꼭 꿈꾸는 것 같다. 나는 몸이 나른하고 (몸살을 아직 모르지만) 병이 나려고 그러는지 가슴이 울렁

울렁하고 이랬다.

"이러이! 말이! 맘 마 마……."

이렇게 노래를 하며 소를 부리면 여느 때 같으면 어깨가 으쓱으쓱한다. 웬일인지 밭 반도 갈지 않아서 온몸의 맥이 풀리고 대고 짜증만 난다. 공연히 소만 들입다 두들기며,

"안야! 안야! 이 망할 자식의 소(장인님의 소니까) 대리*를 꺾어 줄라."

그러나 내 속은 정말 안야 때문이 아니라 점심을 이고 온 점순이의 키를 보고 울화가 났던 것이다.

점순이는 뭐 그리 썩 예쁜 계집애는 못 된다. 그렇다구 개떡이냐 하면 그런 것도 아니고, 꼭 내 아내가 돼야 할 만큼 그저 툽툽하게* 생긴 얼굴이다. 나보다 십 년이 아래니까 올해 열여섯인데 몸은 남보다 두 살이나 덜 자랐다. 남은 잘도 훤칠히들 크건만 이건 위아래가 몽툭한 것이 내 눈에는 하릴없이 감참외 같다. 참외 중에는 감참외가 제일 맛좋고 예쁘니까 말이다. 둥글고 커단 눈은 서글서글하니 좋고 좀 지쳐 찢어졌지만 입은 밥술이나 톡톡히 먹음직하니 좋다. 아따 밥만 많이 먹게 되면 팔자는 그만 아니냐. 한데 한 가지 파가 있다면 가끔가다 몸이(장인님은 이걸 체신이 없이 들까분다*고 하지만) 너무 빨리빨리 논다.* 그래서 밥을 나르다가 때없이 풀밭에서 깻박을 쳐서* 흙투성이

밥을 곧잘 먹인다. 안 먹으면 무안해 할까 봐서 이걸 씹고 앉았노라면 으적으적 소리만 나고 돌을 먹는 건지 밥을 먹는 건지…….

그러나 이 날은 웬일인지 성한 밥채로 밭머리에 곱게 내려놓았다. 그리고 또 내외를 해야 하니까 저만큼 떨어져 이쪽으로 등을 향하고 웅크리고 앉아서 그릇 나기를 기다린다. 내가 다 먹고 물러섰을 때 그릇을 와서 챙기는데, 그런데 난 깜짝 놀라지 않았느냐. 고개를 푹 숙이고 밥함지에 그릇을 포개면서 날더러 들으라는지 혹은 제 소린지,

"밤낮 일만 하다 말 텐가!" 하고 혼자 종알거린다. 고대* 잘 내외하다가 이게 무슨 소린가 하고 난 정신이 얼떨떨했다. 그러면서도 한편 무슨 좋은 수가 있는가 싶어서 나도 공중을 대고 혼자말로,

"그럼 어떡해?" 하니까,

"성례시켜 달라지 뭘 어떡해" 하고 되알지게* 쏘아붙이고 얼굴이 빨개져서 산으로 그저 도망질을 친다.

나는 잠시 동안 어떻게 되는 셈판인지 맥을 몰라서* 그 뒷모양만 덤덤히 바라보았다.

봄이 되면 온갖 초목이 물이 오르고 싹이 트고 한다. 사람도 아마 그런가 보다 하고 며칠 내에 부쩍 (속으로) 자란 듯싶은 점

순이가 여간 반가운 것이 아니다.

이런 걸 멀쩡하게 아직 어리다구 하니까……. 우리가 구장님을 찾아갔을 때 그는 싸리문 밖에 있는 돼지우리에서 죽을 퍼주고 있었다. 서울엘 좀 갔다 오더니 사람은 점잖아야 한다고 윗수염이 (얼른 보면 지붕 위에 앉은 제비 꼬랑지 같다) 양쪽으로 뾰족이 뻗치고 그걸 에헴, 하고 늘 쓰다듬는 손버릇이 있다. 우리를 멀뚱히 쳐다보고 미리 알아챘는지,

"왜 일들 허다 말구 그래?" 하더니 손을 올려서 그 에헴을 한번 후딱 했다.

"구장님! 우리 장인님과 첨에 계약하기를……."

먼저 덤비는 장인님을 뒤로 떠다밀고 내가 허둥지둥 달려들다가 가만히 생각하고,

"아니 우리 빙장님*과 첨에……" 하고 첫번부터 다시 말을 고쳤다. 장인님은 빙장님 해야 좋아하고 밖에 나와서 장인님 하면 괜스레 골을 내려고 든다. 뱀두 뱀이래야 좋으냐구 창피스러우니 남 듣는 데는 제발 빙장님, 빙모님, 하라고 일상 당조짐*을 받아 오면서 난 그것도 자꾸 잊는다. 당장도 장인님 하다 옆에서 내 발등을 꾹 밟고 곁눈질을 흘기는 바람에야 겨우 알았지만…….

구장님도 내 이야기를 자세히 듣더니 퍽 딱한 모양이었다. 하

기야 구장님뿐만 아니라 누구든지 다 그럴 게다. 길게 길러 둔 새끼손톱으로 코를 후벼서 저리 탁 튀기며,

"그럼, 봉필씨! 얼른 성례를 시켜 주구려, 그렇게까지 제가 하구 싶다는 걸……" 하고 내 짐작대로 말했다. 그러나 이 말에 장인님은 삿대질로 눈을 부라리고,

"아, 성례구 뭐구 계집애년이 미처 자라야 할 게 아닌가?"
하니까 그만 멀쑥룩해서 입맛만 쩍쩍 다실 뿐이 아닌가.

"그것두 그래!"

"그래, 거진 사 년 동안에도 안 자랐다니 그 킨 언제 자라지유? 다 그만두구 사경 내슈!"

"글쎄, 이 자식아! 내가 크질 말라구 그랬니, 왜 날보구 떼냐?"

"빙모님은 참새만한 것이 그럼 어떻게 앨 낳지유?"

(사실 장모님은 점순이보다도 귀때기 하나가 작다.)

장인님은 이 말을 듣고 껄껄 웃더니 (그러나 암만해도 돌 씹은 상이다) 코를 푸는 척하고 날 은근히 굻리려고 팔꿈치로 옆 갈비께를 퍽 치는 것이다. 더럽다. 나도 종아리의 파리를 쫓는 척하고 허리를 구부리며 어깨로 그 궁둥이를 꽉 떠밀었다. 장인님은 앞으로 우찔근하고 싸리문께로 쓰러질 듯하다 몸을 바로 고치더니 눈총을 몹시 쏘았다. 이런 쌍년의 자식! 하곤 싶으나 남의 앞이

라서 차마 못 하고 섰는 그 꼴이 보기에 퍽 쟁그라웠다.

 그러나 이밖에는 별반 신통한 귀정*을 얻지 못하고 도로 논으로 돌아와서 모를 부었다. 왜냐하면 장인님이 뭐라고 귓속말로 수군수군하고 간 뒤다. 구장님이 날 위해서 조용히 데리고 아래와 같이 일러 주었기 때문이다. (뭉태의 말은 구장님이 장인님에게 땅 두 마지기 얻어부치니까 그래 꾀었다고 하지만 난 그렇게 생각 않는다)

 "자네 말두 하기야 옳지, 암 나이 찼으니까 아들이 급하다는 게 잘못된 말은 아니야. 허지만 농사가 한창 바쁜 때 일을 안 한다든가 집으로 달아난다든가 하면 손해죄루 그것두 징역을 가거든! (여기에 그만 정신이 번쩍 났다) 왜 요전에 삼포말서 산에 불 좀 놓았다구 징역 간 거 못 봤나? 제 산에 불을 놓아도 징역을 가는 이땐데 남의 농사를 버려 주니 죄가 얼마나 더 중한가? 그리고 자넨 정장*을(사경 받으러 정장 가겠다 했다) 간대지만 그러면 괜시리 죄를 들쓰고 들어가는 걸세. 또 결혼두 그렇지, 법률에 성년이란 게 있는데 스물하나가 돼야 비로소 결혼을 할 수가 있는 걸세. 자넨 물론 아들이 늦을 걸 염려하지만 점순이루 말하면 이제 겨우 열여섯이 아닌가. 그렇지만 아까 빙장님의 말씀이 올 갈에는 열 일을 제치고라두 성례를 시켜 주겠다 하니 좀 고마울 겐가. 빨리 가서 모 붓던 거나 마저 붓게. 군소리 말

구 어서 가."

그래서 오늘 아침까지 끽소리 없이 왔다.

장인님과 내가 싸운 것은 지금 생각하면 전혀 뜻밖의 일이라 안 할 수 없다. 장인님으로 말하면 요즈막 작인들에게 행세를 좀 하고 싶다고 해서 '돈 있으면 양반이지 별 게 있느냐!' 하고 일부러 아랫배를 툭 내밀고 걸음도 뒤틀리게 걷고 하는 이 판이다. 이까짓 나쯤 두들기다 남의 땅을 가지고 모처럼 닦아 놓았던 가문을 망친다든지 할 어른이 아니다. 또 나로 논지면* 아무쪼록 잘 보여서 점순이에게 얼른 장가를 들어야 하지 않느냐.

이렇게 말하자면 결국 어젯밤 뭉태네 집에 마을 간 것이 썩 나빴다. 낮에 구장님 앞에서 장인님과 내가 싸운 것을 어떻게 알았는지 대고 빈정거리는 것이 아닌가.

"그래 맞구두 그걸 가만 둬?"

"그럼 어떡하니?"

"임마, 봉필일 모판에다 거꾸로 박아 놓지 뭘 어떡해?"

하고 괜히 내 대신 화를 내 가지고 주먹질을 하다 등잔까지 쳤다. 놈이 본시 괄괄은 하지만 그래 놓고 날더러 석유값을 물라고 막 지다위*를 붙인다. 난 어안이 벙벙해서 잠자코 앉았으니까 저만 연방 지껄이는 소리가,

"밤낮 일만 해주구 있을 테냐?"

"영득이는 일 년을 살구도 장갈 들었는데 넌 사 년이나 살구 두 더 살아야 해?"

"네가 세 번째 사윈 줄이나 아니? 세 번째 사위!"

"남의 일이라두 분하다 이 자식아, 우물에 가 빠져 죽어."

나중에는 겨우 손톱으로 목을 따라고까지 하고 제 아들같이 함부로 욱대기었다.* 별의별 소리를 다 해서 그대로 옮길 수는 없으나 그 줄거리는 이렇다.

우리 장인님이 딸이 셋이 있는데 맏딸은 재작년 가을에 시집을 갔다. 정말은 시집을 간 것이 아니라 그 딸도 데릴사위를 해 가지고 있다가 내보냈다. 그런데 딸이 열 살 때부터 열아홉, 즉 십 년 동안에 데릴사위를 갈아 들이기를, 동리에선 사위 부자라고 이름이 났지마는 열 놈이란 참 너무 많다. 장인님이 아들은 없고 딸만 있는 고로 그 다음 딸을 데릴사위를 해올 때까지는 부려먹지 않으면 안 된다. 물론 머슴을 두면 좋지만 그건 돈이 드니까, 일 잘하는 놈을 고르느라고 연방 바꿔 들였다. 또 한편 놈들이 욕만 줄창 퍼붓고 심히도 부려먹으니까 밸이 상해서 달아나기도 했겠지. 점순이는 둘째 딸인데 내가 이를테면 그 세 번째 데릴사위로 들어온 셈이다. 내 다음으로 네 번째 놈이 들어올 것을 내가 일도 참 잘하고 그리고 사람이 좀 어수룩하니까 장인님이 잔뜩 붙들고 놓질 않는다. 셋째 딸이 인제 여섯 살, 적

어도 열 살은 돼야 데릴사위를 할 테므로 그 동안은 죽도록 부려먹어야 된다. 그러니 인제는 속 좀 차리고 장가를 들여 달라구 떼를 쓰고 나자빠져라, 이것이다.

나는 건성으로 엉, 엉, 하며 귓등으로 들었다. 뭉태는 땅을 얻어부치다가 떨어진 뒤로는 장인님만 보면 공연히 못 먹어서 으릉거린다. 그것도 장인님이 저 달라고 할 적에 제 집에서 위한다는 그 감투(예전에 원님이 쓰던 것이라나, 옆구리에 뽕뽕 좀먹은 걸레)를 선뜻 주었더라면 그럴 리도 없었던걸…….

그러나 나는 뭉태란 놈의 말을 전부 곧이듣지 않았다. 꼭 곧이들었다면 간밤에 와서 장인님과 싸웠지 무사히 있었을 리가 없지 않은가. 그러면 딸에게까지 인심을 잃은 장인님이 혼자 나빴다.

실토*하면 나는 점순이가 아침상을 가지고 나올 때까지는 오늘은 또 얼마나 밥을 담았나 하고 이것만 생각했다. 상에는 된장찌개하고 간장 한 종지, 조밥 한 그릇, 그리고 밥보다 더 수부룩하게 담은 산나물이 한 대접, 이렇다. 나물은 점순이가 틈틈이 해 오니까 두 대접이고 네 대접이고 멋대로 먹어도 좋으나 밥은 장인님이 한 사발 외엔 더 주지 말라고 해서 안 된다. 그런데 점순이가 그 상을 내 앞에 내려놓으며 제 말로 지껄이는 소리가,

"구장님한테 갔다 그냥 온담 그래!" 하고 엊그제 산에서와 같이 되우* 쫑알거린다. 딴은 내가 더 단단히 덤비지 않고 만 것이

 좀 어리석었다. 속으로 그랬다. 나도 저쪽 벽을 향하여 외면하면서 내 말로,
 "안 된다는 걸 그럼 어떡 헌담!" 하니까,
 "수염을 잡아채지 그냥 뒤, 이 바보야!"
하고 또 얼굴이 빨개지면서 성을 내며 안으로 샐쭉하니 튀들어가지 않느냐. 이때 아무도 본 사람이 없었기에 망정이지 보았다면 내 얼굴이 에미 잃은 황새 새끼처럼 가엾다, 했을 것이다. 사실 이때만큼 슬펐던 일이 또 있었는지 모른다. 다른 사람은 암만 못생겼다 해도 괜찮지만 내 아내 될 점순이가 병신으로 본다면 참 신세는 따분하다. 밥을 먹은 뒤 지게를 지고 일터로 가려 하다 도로 벗어 던지고 바깥 마당 공석* 위에 드르누워서 나는 차라리 죽느니만 같지 못하다 생각했다.
 내가 일 안 하면 장인님 저는 나이가 먹어 못 하고 결국 농사 못 짓고 만다. 뒷짐으로 트림을 꿀꺽 하고 대문 밖으로 나오다 날 보고서,
 "이 자식아! 너 왜 또 이러니?"
 "관격*이 났어유, 아이구 배야!"
 "기껏 밥 처먹구 나서 무슨 관격이야. 남의 농사 버려 주면 이 자식아 징역 간다, 봐라!"
 "가두 좋아유, 아이구 배야!"

 참말 난 일 안 해서 징역 가도 좋다 생각했다. 일후 아들을 낳아도 그 앞에서 바보, 바보, 이렇게 별명을 들을 테니까 오늘은 열 쪽이 난다 해도 결정을 내고 싶었다.
 장인님이 일어나라고 해도 내가 안 일어나니까 눈에 독이 올라서 저편으로 횡허케* 가더니 지게 막대기를 들고 왔다. 그리고 그걸로 내 허리를 마치 들떠 넘기듯이 쿡 찍어서 넘기고 넘기고 했다. 밥을 잔뜩 먹고 딱딱한 배가 그럴 적마다 퉁겨지면서 뱃창이 꼿꼿한 것이 여간 켕기지 않았다. 그래도 안 일어나니까 이번엔 배를 지게 막대기로 위에서 쿡쿡 찌르고 발길로 옆구리를 차고 했다. 장인님은 원체 심청*이 궂어서 그렇지만 나도 저만 못 하지 않게 배를 채었다. 아픈 것을 눈을 꽉 감고 년 해라 난 재미단 듯이 있었으나 볼기짝을 후려갈길 적에는 나도 모르는 결에 벌떡 일어나서 그 수염을 잡아챘다. 마는 내 골이 난 것이 아니라 정말은 아까부터 부엌 뒤 울타리 구멍으로 점순이가 우리들의 꼴을 몰래 엿보고 있었기 때문이다.
 가뜩이나 말 한마디 톡톡히 못 한다고 바보라는데 매까지 잠자코 맞는 걸 보면 짜장 바보로 알 게 아닌가. 또 점순이도 미워하는 이까짓 놈의 장인님, 나하곤 아무것도 안 되니까 막 때려도 좋지만 사정 보아서 수염만 채고 (제 원대로 했으니까 이때 점순이는 퍽 기뻤겠지) 저기까지 잘 들리도록,

"이걸 까셀라 부다!" 하고 소리를 쳤다.

장인님은 더 약이 바짝 올라서 잡은 참 지게 막대기로 내 어깨를 그냥 내리갈겼다. 정신이 다 아찔하다. 다시 고개를 들었을 때, 그때엔 나도 온몸에 약이 올랐다. 이 녀석의 장인님을, 하고 눈에서 불이 퍽 나서 그 아래 밭 있는 낭떠러지 아래로 그대로 떠밀어 굴려 버렸다. 조금 있다가 장인님이 씩, 씩, 하고 한번 해보려고 기어오르는 걸 얼른 또 떠밀어 굴려 버렸다.

기어오르면 굴리고, 굴리면 기어오르고, 이러길 한 너덧 번을 하며 그럴 적마다,

"부려만 먹구 왜 성례 안 하지유?"

나는 이렇게 호령했다. 하지만 장인님이 선뜻, 오냐 낼이라두 성례시켜 주마, 했으면 나도 성가신 걸 그만두었을지 모른다. 나야 이러면 때린 건 아니니까 나중에 장인 쳤다는 누명도 안 들을 터이고 얼마든지 해도 좋다.

한번은 장인님이 헐떡헐떡 기어서 올라오더니 내 바짓가랑이를 요렇게 노리고서 단박 움켜잡고 매달렸다. 악, 소리를 치고 나는 그만 세상이 다 팽그르 도는 것이,

"빙장님! 빙장님! 빙장님!"

"이 자식! 잡아먹어라. 잡아먹어!"

"아! 아! 할아버지! 살려 줍쇼, 할아버지!" 하고 두 팔을 허둥

지등 내저을 적에는 이마에 진땀이 쭉 내솟고 인젠 참으로 죽나 보다 했다. 그래도 장인님은 놓질 않더니 내가 기어이 땅바닥에 쓰러져서 거진 까무러치게 되니까 놓는다. 더럽다 더럽다. 이게 장인님인가, 나는 한참을 못 일어나고 쩔쩔맸다. 그러다 얼굴을 드니 (눈에 참 아무것도 보이지 않았다) 사지가 부르르 떨리면서 나도 엉금엉금 기어가 장인님의 바짓가랑이를 꽉 움키고 잡아낚았다.

내가 머리가 터지도록 매를 얻어맞은 것이 이 때문이다. 그러나 여기가 또한 우리 장인님이 유달리 착한 곳이다. 여느 사람이면 사경을 주어서라도 당장 내쫓았지, 터진 머리를 볼솜으로 손수 지져 주고, 호주머니에 희연 한 봉을 넣어 주고 그리고,

"올 갈엔 꼭 성례를 시켜 주마. 암말 말구 가서 뒷골의 콩밭이나 얼른 갈아라" 하고 등을 뚜덕여 줄 사람이 누구냐.

나는 장인님이 너무나 고마워서 어느덧 눈물까지 났다. 점순이를 남기고 인젠 내쫓기려니, 하다 뜻밖의 말을 듣고,

"빙장님! 인제 다시는 안 그러겠어유."

이렇게 맹세를 하며 부랴부랴 지게를 지고 일터로 갔다.

그러나 이때는 그걸 모르고 장인님을 원수로만 여겨서 잔뜩 잡아당겼다.

"아! 아! 이놈아! 놔라, 놔."

 장인님은 헛손질을 하며 솔개미에 챈 닭의 소리를 연해 질렀다. 놓긴 왜, 이왕이면 호되게 혼을 내주리라 생각하고 짖궂게 더 당겼다. 마는 장인님이 땅에 쓰러져서 눈에 눈물이 피잉 도는 것을 알고 좀 겁도 났다.
 "할아버지! 놔라, 놔, 놔, 놔, 놔!"
 그래도 안 되니까,
 "얘, 점순아! 점순아!"
 이 악장*에 안에 있었던 장모님과 점순이가 헐레벌떡하고 단숨에 뛰어나왔다. 나의 생각에 장모님은 제 남편이니까 역성을 할는지도 모른다. 그러나 점순이는 내 편을 들어서 속으로 고소해 하겠지. 허나 대체 이게 웬 속인지. (지금까지도 난 영문을 모른다) 아버질 혼내 주기는 제가 내래 놓고 이제 와서는 달려들며,
 "에그머니! 이 망할 게 아버지 죽이네!" 하고 내 귀를 뒤로 잡아당기며 마냥 우는 것이 아니냐. 그만 여기에 기운이 탁 꺾여 나는 얼빠진 등신이 되고 말았다. 장모님도 덤벼들어 한쪽 귀마저 뒤로 잡아채면서 또 우는 것이다.
 이렇게 꼼짝도 못 하게 해놓고 장인님은 지게 막대기를 들어서 사뭇 내리조졌다. 그러나 나는 구태여 피하려 하지도 않고 암만해도 그 속 알 수 없는 점순이의 얼굴만 멀거니 들여다보았다.
 "이 자식! 장인 입에서 할아버지 소리가 나오도록 해?"

산골 나그네

■■ 처음 보는 아낙네가 마루 끝에 와 섰다. 달빛에 빗기어 검붉은 얼굴이 해쓱하다. 추운 모양이다. 그는 한 손으로 머리에 둘렀던 왜수건을 벗어 들고는 다른 손으로 흩어진 머리칼을 쓰담아 올리며 수줍은 듯이 주뼛주뼛 한다. "저…… 하룻밤만 드새고 가게 해주세유……." 남정네도 아닌데 이 밤중에 웬일인가, 맨발에 짚신짝으로.

산골 나그네

 밤이 깊어도 술꾼은 역시 들지 않는다. 메주 뜨는 냄새와 같이 쾨쾨한 냄새로 방 안은 괴괴하다.* 웃간에서는 쥐들이 찍찍거린다. 홀어머니는 쪽 떨어진 화로를 끼고 앉아서 쓸쓸한 대로 곰곰 생각에 젖는다. 가뜩이나 침침한 반짝 등불이 북쪽 지게문에 뚫린 구멍으로 새어드는 바람에 번득이며 빛을 잃는다. 헌 버선짝으로 구멍을 틀어막는다. 그러고 등잔 밑으로 반짇그릇을 끌어당기며 시름 없이* 바늘을 집어든다.
 산골의 가을은 왜 이리 고적*할까! 앞뒤 울타리에서 부수수하고 떨잎은 진다. 바로 그것이 귀 밑에서 들리는 듯 나즉나즉 속삭인다. 더욱 몹쓸 건 물소리, 골을 휘돌아 맑은 샘은 흘러내리고 야릇하게도 음률을 읊는다.
 퐁! 퐁! 퐁! 쪼록 퐁!
 바깥에서 신발 소리가 자작자작 들린다. 귀가 번쩍 뜨여 그는 방문을 가볍게 열어 젖힌다. 머리를 내밀며,
 "덕돌이냐?" 하고 반겼으나 잠잠하다.
 앞뜰 건너편 숲옹우를 감돌아 싸늘한 바람이 낙엽을 흩뿌리며 얼굴에 부딪친다. 용마루가 쌩쌩 운다. 모진 바람 소리에 놀라 멀리서 밤개가 요란히 짖는다.
 "쥔 어른 계서유?"
 몸을 돌리어 바느질 거리를 다시 집어들려 할 제* 이번에는

짜장* 인기*가 난다. 황급하게,

"누기유?" 하고 일어서며 문을 열어 보았다.

"왜 그리유?"

처음 보는 아낙네가 마루 끝에 와 섰다. 달빛에 빗기어 검붉은 얼굴이 해쓱하다. 추운 모양이다. 그는 한 손으로 머리에 둘렀던 왜수건을 벗어 들고는 다른 손으로 흩어진 머리칼을 쓰담아 올리며 수줍은 듯이 주뼛주뼛한다.

"저…… 하룻밤만 드새고 가게 해주세유……."

남정네도 아닌데 이 밤중에 웬일인가, 맨발에 짚신짝으로. 그야 아무러튼…….

"어서 들어와 불 쬐게유."

나그네는 주춤주춤 방 안으로 들어와서 화로 곁에 도사려 앉는다. 낡은 치맛자락 위로 삐지려는 속살을 아무리자 허리를 지그시 튼다. 그러고는 묵묵하다. 주인은 물끄러미 보고 있다가 밥을 좀 주랴느냐고 물어 보아도 잠자코 있다. 그러나 먹던 대궁*을 주워 모아 짠지쪽하고 갖다 주니 감지덕지 받는다. 그리고 물 한 모금 마심 없이 잠깐 동안에 밥그릇의 밑바닥을 긁는다.

밥숟갈을 놓기가 무섭게 주인은 이야기를 붙이기 시작하였다. 미주알 고주알* 물어 보니 이야기는 지수가 없다. 자기로도 너무 지쳐 물은 듯싶을 만큼 대고* 추근거렸다. 나그네는 싫단 기

색도 좋단 기색도 별로 없이 시나브로* 대꾸하였다. 남편 없고 몸 붙일 곳 없다는 것을 간단히 말하고 난 뒤,

"이리저리 얻어먹고 단게유" 하고 턱을 가슴에 묻는다.

첫닭이 홰를 칠 때 그제야 마을 갔던* 덕돌이가 돌아온다. 문을 열고 감사나운* 머리를 디밀려다 낯설은 아낙네를 보고 눈이 휘둥그렇게 주춤한다. 열린 문으로 억센 바람이 몰아들며 방 안이 캄캄하다. 주인은 문 앞으로 걸어와 서며 덕돌이의 등을 뚜덕거린다. 젊은 여자 자는 방에서 떠꺼머리 총각을 재우는 건 상서롭지 못한 일이었다.

"얘, 덕돌아. 오늘은 마을 가 자고 아침에 온."

가을할 때가 지났으니 돈냥이나 좋이 퍼질 때도 되었다. 그 돈들이 어디로 몰리는지 이 술집에서는 좀체 돈맛을 못 본다. 술을 판대야 한 초롱에 오륙십 전 떨어진다. 그 한 초롱을 잘 판대도 사날씩이나 걸리는 걸 요새 같애선 그 알량한 술꾼까지 씨가 말랐다. 어쩌다 전일에 펴놓았던 외상값도 갖다 줄 줄을 모른다. 홀어미는 열병거지*가 나서 이른 아침부터 돈을 받으러 돌아다녔다. 그러나 다리품을 들인 보람도 없었다. 낼 사람이 즐겨야 할 텐데 우물쭈물하며 한단 소리가 좀 두고 보자는 것이 고작이었다. 그렇다고 안 갈 수도 없는 노릇이다. 나날이 양식

은 달리고 지점 집에서 집행을 하느니 뭘 하느니 독촉이 어지간치 않음에야…….

"저도 인젠 떠나겠에유."

그가 조반 후 나들이옷을 바꾸어 입고 나서니 나그네도 따라 일어선다. 그의 손을 자상히 붙잡으며 주인은,

"고달플 테니 며칠 더 쉬여 가게유" 하였으나,

"가야지유, 너무 오래 신세를……."

"그런 염려는 말구"라고 누르며 집 지켜 주는 셈치고 방에 누웠으라 하고는 집을 나섰다.

백두고개를 넘어서 안마을로 들어가 해동갑*으로 헤매었다. 허실수로 간 곳도 있기야 하지만 말갛다. 해가 지고 어두울 녘에야 그는 홀부들해서* 돌아왔다. 좁쌀 닷 되밖에는 못 받았다. 다른 사람들은 돈 낼 생각은커녕 이러면 다시 술 안 먹겠다고 도리어 을러 보냈던 것이다. 그러나 이만도 다행이다. 아주 못 받느니보다는. 끼니때가 지났다. 그는 좁쌀을 씻고 나그네는 솥에 불을 지펴 부랴사랴 밥을 짓고 일변* 상을 보았다.

밥들을 먹고 나서 앉았으려니깐 갑자기 술꾼이 몰려든다. 이거 웬일인가. 처음에는 하나가 오더니 다음에는 세 사람 또 두 사람. 모두 젊은 축들이다. 그러나 각각들 먹일 방이 없으므로 주인은 좀 망설이다가 그 연유를 말하였으나 뒤 한동리 사람인

데 어떠냐 한데서 먹게 해달라는 바람에 얼씨구나 하였다. 이제야 운이 트나 보다. 양푼에 막걸리를 따라 나그네에게 주며 솥에 넣고 좀 속히 데워 달라 하였다. 자기는 치마꼬리를 휘둘러가며 잽싸게 안주를 장만한다. 짠지, 동치미, 고추장, 특별한 안주로 삶은 밤도 놓았다. 사촌 동생이 맛보라고 며칠 전에 갖다 준 것을 아껴 둔 것이었다.

　방 안은 떠들썩하다. 벽을 두드리며 아리랑 찾는 놈에 건으로 너털웃음 치는 놈, 혹은 쑤군쑥덕하는 놈……. 가지각색이다. 주인이 술상을 받쳐 들고 들어가니 짜기나 한 듯이 일제히 자리를 바로잡는다. 그 중에 얼굴 넙적한 하이칼라 머리가 야로*가 나서 상을 받으며 주인 귀에다 입을 비껴댄다.

　"아주머니 젊은 갈보* 사 왔다지유? 좀 보여주게유."

　영문 모를 소문도 다 도는고!

　"갈보라니 웬 갈보?" 하고 어리벙벙하다 생각을 하니 턱없는 소리는 아니다.

　눈치 있게 부엌으로 내려가서 보강지 앞에 웅크리고 앉았는 나그네의 머리를 은근히 끌어안았다. 자, 저패들이 새댁을 갈보로 횡보고* 찾아온 맥*이다. 물론 새댁 편으론 망측스러운 일이겠지만 달포*나 손님의 그림자가 드물던 우리 집으로 보면 재수의 빗발이다. 술꾼을 잡는다고 어디가 떨어지는 게 아니요, 욕

이 아니니 나를 보아 오늘만 술 좀 팔아 주기 바란다—이런 의미를 곰상궂게* 간곡히 말하였다. 나그네의 낯은 별반 변함이 없다. 늘 한 양으로 예사로이 승낙하였다.

술이 온몸에 돌고 나서야 뒷술이 잔풀이가 된다. 한 잔에 오 전. 그저 마시긴 아깝다. 얼근한 상투배기가 계집의 손목을 탁 잡아 앞으로 끌어당기며,

"권주가 좀 해, 이건 꾸어 온 보릿자룬가?"

"권주가? 뭐야유?"

"권주가? 아, 갈보가 권주가도 모르나? 으하하하!"

하고는 무안에 취해 폭 숙인 계집 뺨에다 꺼칠꺼칠한 턱을 문질러 본다. 소리를 암만 시켜도 아랫입술을 깨물고는 고개만 기울일 뿐. 소리는 못 하나 보다. 그러나 노래 못 하는 꽃도 좋다. 계집은 영 내리는 대로 이 무릎 저 무릎으로 옮겨 앉으며 턱 밑에다 술잔을 받쳐 올린다.

술들이 담뿍 취하였다. 두 사람은 곯아져서 코를 곤다. 계집이 칼라머리 무릎 위에 앉아 담배를 피워 올릴 때 코웃음을 홍치더니 그 무지스러운 손이 계집의 아랫뱃가죽을 사정없이 움켜잡았다. 별안간 "아야!" 하고 퍼들껑하더니 계집의 몸뚱아리가 공중으로 도로 뛰어오르다 떨어진다.

"이 자식아, 너만 돈 내고 먹었니?"

　한 사람 사이 두고 앉았던 상투가 콧살을 찌푸린다. 그리고 맨발 벗은 계집의 두 발을 양 손에 붙잡고 가랑이를 쩍 벌려 무릎 위로 지르르 끌어올린다. 계집은 앙탈을 한다. 눈시울에 눈물이 엉기더니 불현듯이 쪼록 쏟아진다.
　방 안에서 악머구리* 소리가 끓어 오른다.
　"저 잡놈 보게, 으하하."
　술은 연실 데워서 들여 가면서도 주인은 불안하여 마음을 졸였다. 겨우 마음을 놓은 것은 훨씬 밝아서이다. 참새들은 소란히 지저귄다. 기직* 바닥이 부스럼 자국에 진배없다.* 술, 짠지 쪽, 가래침, 담뱃재—몇해 너저분하다. 우선 한 길 치에 자리를 잡고 계배*를 대보았다. 마수걸이*가 팔십오 전, 외상이 이 원 각수*다. 현금 팔십오 전, 두 손에 들고 앉아 세고 세고, 또 세어 보고…….
　뜰에서는 나그네의 혀로 끌어올리는 인사,
　"안녕히 가십시게유."
　"입이나 좀 맞추고, 뽀! 뽀! 뽀!"
　"나두."

　찌르쿵! 찌르쿵! 찔거러쿵!
　"방앗머리가 무겁지유? 그만 까불을까."

"들 익었세유. 더 찧어야지유."

"그런데 얘는 어쩐 일이야……."

덕돌이를 읍엘 보냈는데 날이 저물어도 여태 오지 않는다. 흩어진 좁쌀을 확*에 쓸어 넣으며 홀어미는 퍽이나 애를 태운다. 요새 날씨가 차지니까 늑대, 호랑이가 차차 마을로 찾아 내린다. 밤길에 고개 같은 데서 만나면 끽 소리도 못 하고 욕을 당한다.

나그네가 방아를 괴 놓고 내려와서 키*로 확의 좁쌀을 담아 올린다. 주인은 그 머리를 쓰담고 자기의 행주치마를 벗어서 그 위에 씌워 준다. 계집의 나이 열아홉이면 활짝 필 때이건만 버캐*된 머리칼이며 야윈 얼굴이며 벌써부터 외양이 시들어 간다. 아마 고생을 진한 탓이리라.

날씬한 허리를 재빨리 놀려 가며 일이 끊일 새 없이 다기지게* 덤벼드는 그를 볼 때 주인은 지극히 사랑스러웠다. 그러고 일변 측은도 하였다. 뭣 하면 딸과 같이 자기 곁에서 길게 살아 주었으면 상팔자일 듯싶었다. 그럴 수만 있다면 그 소 한 마리와 바꾼대도 이것만은 안 내놓으리라고 생각도 하였다.

아들만 데리고 홀어미의 생활은 무던히 호젓하였다. 그런 데다 동리에서는 속 모르는 소리까지 한다. 떠꺼머리 총각을 그냥 늙힐 테냐고, 그러나 형세가 부치므로 감히 엄두도 못 내다가

 겨우 올 봄에서야 다붙어* 서둘게 되었다. 의외로 일은 손쉽게 되었다. 이리저리 언론이 돌더니 남산에 사는 어느 집 둘째 딸과 혼약하였다. 일부러 홀어미는 사십 리 길이나 걸어서 색시의 손등을 문질러 보고는,
 "참, 애기 잘도 생겼세!"
 좋아서 사돈에게 칭찬을 뇌고* 뇌곤 하였다.
 그런데 없는 살림에 빚을 내어 가며 혼수를 다 꼬여 매놓은 뒤였다. 혼인날을 불과 이틀 격해 놓고 일이 그만 빗나갔다. 처음에야 그런 말이 없더니 난데없는 선채금* 삼십 원을 가져오란다. 남의 돈 삼 원과 집의 돈 오 원으로 거춧군*에게 품삯, 노비 주고 혼수 하고 단지 이 원—잔치에 쓸 것밖에 안 남고 보니 삼십 원이란 입내도 못 낼 소리다. 그 밤 그는 이리 뒤척 저리 뒤척 넋 잃은 팔을 던져 가며 통 밤을 새웠던 것이다.
 "어머님! 진지 잡수세유."
 새댁에게 이런 소리를 듣는다면 끔찍이 귀여우리라. 이것이 단 하나의 그의 소원이었다.
 "다리 아프지유? 너무 일만 시켜서……."
 주인은 저녁 좁쌀을 쓸어 넣다가 방앗다리에 깝신대는* 나그네를 걸쌈스럽게* 쳐다본다. 방아가 무거워서 껍적이며 잘 오르지 않는다. 가냘픈 몸이라 상혈이 되어 두 볼이 새빨갛게 색색

거린다. 치마도 치마려니와 명주 저고리는 어찌 삭았는지 어깨께가 손바닥만하게 척 나갔다. 그러나 덕돌이가 왜포* 다섯 자를 바꿔 오거든 첫째 사발허통*된 속곳부터 해 입히고 차차 할 수밖엔 없다.

"같이 찝시다유."

주인도 나머지 방앗다리에 올라섰다. 그리고 찌꺽 위에 놓인 나그네의 손을 눈치 안 채게 슬며시 쥐어 보았다. 더도 덜도 말고 그저 요만한 며느리만 얻어도 좋으련만! 나그네와 눈이 마주치자 그는 열적어서 시선을 돌렸다.

"퍽도 쓸쓸하지유?"

하며 손으로 울 밖을 가리킨다. 첫밤 같은 석양판이다. 색동 저고리를 떨쳐 입고 산들은 거방진* 방앗소리를 은은히 전한다. 찔그러쿵! 찌러쿵!

그는 나그네를 금덩이같이 위하였다. 없는 대로 자기의 옷가지도 서로서로 별러* 입었다. 그리고 잘 때에는 딸과 진배없이 이불 속에서 품에 꼭 품고 재우곤 하였다. 하지만 자기의 은근한 속심은 차마 입에 드러내어 말은 못 건넸다. 잘 들어주면이거니와 뭣 하게 안다면 피차의 낯이 뜨뜻할 일이었다.

그러자 맘먹지 않았던 우연한 일로 인하여 마침내 기회를 얻게 되었다. 나그네가 온 지 나흘 되던 날이었다. 거문관이* 산기

 읡에 있는 영길네가 벼방아를 좀 와서 찧어 달라고 한다. 나그네는 줄밤을 새우므로 낮에나 푸근히 자라고 두고 그는 홀로 집을 나섰다.
 머리에 겨를 보얗게 쓰고 맥이 풀려서 집에 돌아온 것은 이럭저럭 으스레하였다. 늙은 한 다리를 끌고 뜰 앞으로 향하다가 그는 주춤하였다. 나그네 홀로 자는 방에 덕돌이가 들어갈 리 만무한데 정녕코 그놈일 게다. 마루 끝에 자그마한 나그네의 짚신이 놓인 그 옆으로 질목채 벗은 왕달 짚신이 왁살스럽게 놓였다. 그리고 방에서는 수군수군 낮은 말소리가 흘러 나온다. 그는 무심코 닫은 방문께로 귀를 기울였다.
 "그럼 와 그러는 게유? 우리 집이 굶을까 봐 그러시유?"
 "……"
 "어머이도 사람은 좋아유……. 올해 잘만 하면 내년에는 소 한 마리 사 놀 게구 농사만 해두 한 해에 쌀 넉 섬, 조 엿 섬, 그만하면 그만이지유……. 내가 싫은 게유?"
 "……"
 "사내가 죽었으니 아무튼 얼을 게지유?"
 옷 터지는 소리. 부시럭거린다.
 "아이! 아이! 아이 참! 이거 놓세유."
 쥐죽은 듯이 감감하다. 허공에 아롱거리는 낙엽을 이윽히 바

라보며 그는 빙그레한다. 신발 소리를 죽이고 뜰 밖으로 다시 돌쳐 섰다.

저녁상을 물린 후 그는 시치미를 딱 떼고 나그네의 기색을 살펴보다가 입을 열었다.

"젊은 아낙네가 홀몸으로 돌아다닌대두 고생일 게유. 또 어차피 사내는……."

여기서부터 사리에 맞도록 이 말 저 말을 주섬주섬 꺼내 오다가 나의 며느리가 되어 줌이 어떻겠느냐고 꽉 토파*를 지었다. 치마를 흡싸고 앉아 갸웃이 듣고 있던 나그네는 치마끈을 깨물며 이마를 떨어뜨린다. 그러고는 두 볼이 발개진다. 젊은 계집이 나 시집 가겠소 하고 누가 나서랴. 이만하면 합의한 거나 틀림없을 것이다.

혼수는 전에 해둔 것이 있으니 한시름 잊었다. 그대로 이앙이나 고쳐서 입히면 그만이다. 돈 이 원은 은비녀, 은가락지 사다가 각별히 색시에게 선물 내리고…….

일은 미룰수록 낭패가 많다. 금시로 날을 받아서 대례를 치렀다. 한편에서는 국수를 누른다. 잔치 보러 온 아낙네들은 국수 그릇을 얼른 받아서 후룩후룩 들이마시며 색시 잘났다고 추었다.

주인은 즐거움에 너무 겨워서 축배를 흥건히 들었다. 여간 경

사가 아니다. 뭇사람을 비집고 안팎으로 드나들며 분부하기에 손이 돌지 않는다.

"얘, 메누라! 국수 한 그릇 더 가져온—."

어찌 말이 좀 어색하구먼……. 다시 한 번,

"메누라, 애야! 얼른 가져와."

삼십을 바라보자 동곳*을 찔러 보니 제물에 멋이 질려 비드름하다.* 덕돌이는 첫날을 치르고 부썩부썩 기운이 난다. 남이 두 단을 털 제면 그의 볏단은 석 단째 풀어져 나간다. 연방 손바닥에 침을 뱉어 붙이며 어깨를 으쓱거린다.

"끅! 끅! 끅! 찍어라, 굴려라. 끅! 끅!"

동무의 품앗이 일이다. 거무툭툭한 젊은 농군 댓이 볏단을 번차례로* 집어든다. 열에 뜬 사람같이 식식거리며 세차게 벼알을 절구통배에서 주룩주룩 흘러내린다.

"얘! 장가들고 한턱 안 내니?"

"일색이더라. 딴딴히 먹자. 닭이냐? 술이냐? 국수냐?"

"웬 국수는? 너는 국수만 아느냐?"

저희끼리 찧고 까분다. 그들은 일을 놓으며 옷깃으로 땀을 씻는다. 골바람이 벼까라기*를 부옇게 풍긴다. 옆 산에서 푸드득 하고 꿩이 날며 머리 위를 지나간다. 갈퀴질을 하던 얼굴 넓적이가 갈퀴를 놓고 씽긋 하더니 달려든다. 장난꾼이다. 여러 사

람의 힘을 빌려 덕돌이 입에다 헌 짚신짝을 물린다. 버들껑거린다. 다시 양 귀를 두 손에 잔뜩 훔켜잡고 끌고 와서는 털어놓은 벼 무더기 위에 머리를 틀어박으며 동서남북으로 큰절을 시킨다.

"야아! 야아! 아!"

"아니다, 아니야. 장갈 갔으면 산신령에게 이러하다 말이 있어야지, 괜시리 산신령이 노하면 눈깔망나니(호랑이) 내려보낸다."

뭇웃음이 터져 오른다. 새신랑이 옷이 이게 뭐냐. 볼기짝에 구멍이 다 뚫리고······. 빈정대는 사람도 있다. 그러나 덕돌이는 상투의 먼지를 털고 나서 곰방대를 피워 물고는 싱그레 웃어 치운다. 좋은 옷은 집에 두었다. 인조견 조끼 저고리, 새하얀 옥당목 겹바지. 그러나 아끼는 것이다. 일할 때엔 헌옷을 입고 집에 돌아와 쉴 참에나 입는다. 잘 때에도 모조리 벗어서 더럽지 않게 착착 개어 머리맡에 위해 놓고 자곤 한다. 의복이 남루하면 인상이 추하다. 모처럼 얻은 귀여운 아내니 행여나 마음이 돌아앉을까. 미리미리 사려 두지 않을 수도 없는 노릇이다. 그야말로 이십구 년 만에 누런 잇조각에다 어제서야 소금을 발라 본 것도 이 까닭이었다.

덕돌이가 볏단을 다시 집어 올릴 제 그 이웃에 사는 돌쇠가 옆

으로 와서 품을 안는다.

"얘, 덕돌아! 너 내일 우리 조마댕이 좀 해줄래?"

"뭐 어째?" 하고 소리를 뻑 지르고는 그는 눈귀가 실룩하였다.

"누구보고 해라야? 응? 이 자식 까놀라!"

어제까지는 턱없이 지냈다 해도 오늘의 상투를 못 보는가? 바로 그날이었다. 웃간에서 혼자 새우잠을 자고 있던 홀어미는 놀라 눈이 번쩍 띄었다. 만뢰* 잠잠한 밤중이다.

"어머니! 그거 달아났에유, 내 옷두 없구……."

"응?" 하고 반 마디 소리를 치며 얼떨김에 그는 캄캄한 방 안을 더듬어 아랫간으로 넘어섰다. 황망히 등잔에 불을 댕기며,

"그래, 어데로 갔단 말이냐?"

영산*이 나서 묻는다. 아들은 벌거벗은 채 이불로 앞을 가리고 앉아서 징징거린다. 옆자리에는 빈 베개뿐 사람은 간 곳이 없다. 들어본즉 온종일 일한 게 피곤하여 아들은 자리에 들자 그만 세상을 잊었다. 하기야 그때 아내도 옷을 벗고 한자리에 누워서 맞붙어 잤던 것이다. 그는 보통 때와 조금도 다름없이 새침하니 드러누워서 천장만 쳐다보았다. 그런데 자다가 별안간 오줌이 마렵기에 요강을 좀 집어 달래려고 보니 뜻밖에 품 안이 허룩하다.* 불러 보아도 대답이 없다. 그제서는 어림짐작

으로 우선 머리맡에 위해 놓았던 옷을 더듬어 보았다. 딴은* 없다. 필연 잠든 틈을 타서 살며시 옷을 입고 자기의 옷이며 버선까지 들고 내뺐음이 분명하리라.

"도적년!"

모자는 관솔불*을 켜 들고 나섰다. 부엌과 잿간을 뒤졌다. 그러고 뜰 앞 수풀 속도 낱낱이 찾아봤으나 흔적도 없다.

"그래도 방 안을 다시 한 번 찾아보자."

홀어미는 구태여 며느리를 도적년으로까지는 생각하고 싶지 않았다. 거반 울상이 되어 허벙저벙 방 안으로 들어왔다. 마음을 가라앉혀 들쳐 보니 아니나 다르랴. 며느리 베개 밑에서 은비녀가 나온다. 달아날 계집 같으면 이 비싼 은비녀를 그냥 두고 갈 리 없다. 두말 없이 무슨 병폐가 생겼다.

홀어미는 아들을 데리고 덜미를 집히는 듯 문 밖으로 찾아나섰다.

마을에서 산길로 빠져나는 어귀에 우거진 숲 사이로 비스듬히 언덕길이 놓였다. 바로 그 밑에 석벽을 끼고 깊고 푸른 웅덩이가 묻히고 넓은 그 물이 겹겹 산을 에돌아 약 십 리를 흘러내리면 신연강 중턱을 뚫는다. 시새에 반쯤 파묻혀 번들대는 큰 바위는 내를 싸고 양쪽으로 질펀하다.* 꼬부랑 길은 그 틈바귀로

뻗었다.

좀체 걷지 못할 자갈길이다. 내를 몇 번 건너고 험상궂은 산들을 비켜서 한 오 마장* 넘어야 겨우 길다운 길을 만난다. 그러고 거기서 좀더 간 곳에 냇가에 외지게 잃어진 오막살이 한 간을 볼 수 있다. 물방앗간이다. 그러나 이제는 밥을 찾아 흘러가는 뜬 몸들의 하룻밤의 숙소로 변하였다.

벽이 확 나가고 네 기둥뿐인 그 속에 힘을 잃은 물방아는 을씨년궂게 모로 누웠다. 거지도 그 옆에 홑이불 위에 거적을 덧쓰고 누웠다. 거푸진 신음이다. 으! 으! 으흥! 서까래 사이로 달빛은 쌀쌀히 흘러든다. 가끔 마른 잎을 뿌리며…….

"여보 자우? 일어나게유, 얼편."

계집의 음성이 나자 그는 꾸물거리며 일어나 앉는다. 그러고 너털대는 홑적삼의 깃을 여며 잡고는 덜덜 떤다.

"인제 그만 떠날 테이야? 쿨룩……."

말라빠진 얼굴로 계집을 바라보며 그는 이렇게 물었다.

십 분 가량 지났다. 거지는 호사하였다. 달빛에 번쩍거리는 겹옷을 입고서 지팡이를 끌며 물방앗간을 등졌다.

골골하는* 그를 부축하여 계집은 뒤에 따른다. 술집 며느리다.

"옷이 너무 커…… 좀 작았으면……."

"잔말 말고 어여 갑시다, 펄적……."

계집은 부리나케 그를 재촉한다. 그리고 연해 돌아다보길 잊지 않았다. 그들은 강길로 향한다. 개울을 건너 불거져 내린 산모롱이를 막 꼽뜨리려 할 제다. 멀리 뒤에서 사람 욱이는 소리가 끊일 듯 날 듯 간신히 들려온다. 바람에 먹혀 말하는 자(者) 모르겠으나 재없이 덕돌이의 목성임은 넉히 짐작할 수 있다.

"아, 얼른 좀 오게유."

똥끝이 마르는 듯이 계집은 사내의 손목을 겁겁히 잡아끈다. 병들은 몸이라 끌리는 대로 뒤툭거리며 거지도 으슥한 산 저편으로 같이 사라진다. 수은빛 같은 물방울을 뿜으며 물결은 산벽에 부닥뜨린다. 어디선지 지정치 못할 늑대 소리는 이 산 저 산서 와글와글 굴러내린다.

솥

근식이는 아내를 뜯어 말리며 두 볼이 확확 달았다. 마는 아내는 남편에게 한 팔을 끄들린 채 그대로 몸부림을 하며 여전히 대들려고 든다. 그리고 목이 찢어지라고, "왜 남의 솥을 빼 가는 거야, 이 도둑년아!" 하고 연해 발악을 친다. 그렇지마는 들병이 두 내외는 금세 귀가 먹었는지 하나는 짐을, 하나는 아이를 들러 업은 채 언덕으로 유유히 내려가며 한 번 돌아다보는 법도 없다.

솥

 들고 나갈 거라곤 인제 매함지*와 키 조각이 있을 뿐이다. 그 외에도 체랑 그릇이랑 있긴 좀 하나 깨어지고 헐고 하여 아무짝에도 못 쓸 것이다. 그나마도 들고 나서려면 아내의 눈을 기워야 할 터인데 맞은쪽에 빠안히 앉았으니 꼼짝할 수 없다. 하지만 오늘도 밸을 좀 긁어 놓으면 성이 뻗쳐서 제물로 부르르 나가 버리리라……. 아랫목에 근식이는 저녁상을 물린 뒤 두 다리를 세워 안고, 그리고 고개를 떨친 채 묵묵하였다. 왜냐하면 묘한 꼬투리가 있음직하면서도 선뜻 생각나지 않는 까닭이었다.

 윗목에서 내려오는 냉기로 하여 아랫방까지 몹시 싸늘하다. 가을쯤 치받이*를 해두었더라면 좋았으련만 천장에서는 흙방울이 똑똑 떨어지며 찬바람은 새어든다.

 헌 옷때기를 들쓰고 앉아 어린 아들은 화롯전에서 칭얼거린다. 아내는 이 아이를 어르며 달래며 부지런히 감자를 구워 먹인다. 그러나 다리를 모로 늘이고 사지를 뒤트는 양이 온종일 방앗다리에 시달린 몸이라 매우 나른한 맥*이었다. 손으로 가끔 입을 막고 연달아 하품만 할 뿐이었다.

 한참 지난 후 남편은 고개를 들고 아내의 눈치를 살펴보았다. 그리고 두터운 입술을 찌그리며 바로 데퉁스러이,*

 "아까 낮에 누가 왔다 갔어?" 하고 한마디 얼른 내다붙였다.

그러나 아내는,

"면서기밖에 누가 왔다 갔지유……" 하고 심심히 받으며 거들떠보지도 않는다.

물론 전부터 미뤄 오던 호포*를 독촉하러 오늘 면서기가 왔던 것을 남편이라고 모르는 바도 아니었다. 자기는 거리에서 먼저 기수*채고 그 때문에 붙잡히면 혼이 뜰까 봐 일부러 몸을 피하였다. 마는 어차피 말을 고쳐 하니까,

"볼 일이 있으면 날 불러대든지 할 게지 왜 그놈을 방으루 불러들이고 이 야단이야?" 하고 눈을 부릅뜨지 않을 수가 없었다.

아내는 이 말에 이마를 홱 들더니 눈꼴이 잡은 참 돌아간다. 하도 어이없는 일이라 기가 콕 막힌 모양이었다. 샐쭉해서 턱을 조금 솟치자 그대로 떨어지고 잠자코 아이에게 감자만 먹인다.

이만 하면, 하고 남편은 다시 한 번,

"헐 말이 있으면 문 밖에서 허든지, 방으로까지 끌어들이는 건 다 뭐야?"

분을 솟궜다. 그제서야,

"남의 속 모르는 소리 작작 하게유. 자기 때문에 말막음하느라구 욕본 생각은 못 하구."

아내는 가무잡잡한 얼굴에 핏대를 올렸으나, 그러나 표정을 고르잡지 못한다. 얼마를 그렇게 앉았더니 이번에는 남편의 낯

을 똑바로 쏘아보며,

"그러지 말구 밤마다 짚신짝이라두 삼어서 호포를 갖다 내게 유." 하다가 좀 사이를 두고 들릴 듯 말 듯한 혼잣소리다.

"기집이 좋다기로 그래 집안 물건을 다 들어낸담!" 하고 야무지게 종알거린다.

"뭐, 집안 물건을 누가 들어내?"

그는 시치미를 딱 떼고 제법 천연스리 펄쩍 뛰었다. 그러나 속으로는 떡메*로 복장이나 얻어맞은 듯 찌인하였다. 이제까지 까맣게 모르는 줄만 알았더니 아내는 귀신같이 옛날에 다 안 눈치다. 어젯밤 아내의 속옷과 그젯밤 맷돌짝을 훔쳐낸 것이 죄다 탄로가 되었구나, 생각하니 불쾌하기가 짝이 없다.

"누가 그런 소리를 해. 벼락을 맞을라구?"

그는 이렇게 큰소리를 해보았으나 한 팔로 아이를 끌어들여 젖만 먹일 뿐, 젊은 아내는 숫제 받아 주질 않았다.

아내는 샘과 분을 못 이겨 무슨 되알진 소리가 터질 듯하면서도 그냥 꾹 참는 모양이었다. 눈은 아래로 내리깔고 색색 숨소리만 내다가 남편이 또다시,

"누가 그 따위 소릴 해 그래?" 할 제에야 비로소 입을 여는 것이—.

"재숙 어머니지, 누군 누구야?"

"그래, 뭐라구?"

"들병이와 배 맞었다지 뭘 뭐래? 멧돌허구 내 속곳은 술 사먹으라는 거지유?"

남편은 더 빼치지를 못하고 그만 얼굴이 화끈 달았다. 아내는 좀 살자고 고생을 무릅쓰고 바둥거리는 이 판에 남편이란 궐자*는 그 속곳을 술 사먹었다면 어느 모로 따져 보든 곱지 못한 행실이리라. 그는 아내의 시선을 피할 만큼 몹시 양심의 가책을 느꼈다. 마는 그렇다고 자기의 의지가 꺾인다면 또한 남편된 도리도 아니었다.

"보두 못 허구 앰한 소릴 해 그래, 눈깔들이 멀라구?" 하고 변명삼아 목청을 꽉 돋웠다.

그러나 아무 효력도 보이지 않음에는 제대로 약만 점점 오를 뿐이다. 이러다간 본전도 못 건질 걸 알고 말끝을 얼른 돌려,

"자기는 뭔데 대낮에 사내놈을 방으로 불러들이구, 대관절 둘이 뭣 했더람!"

하여 아내를 되술래잡았다.*

아내는 독살이 송곳 끝처럼 뾰로져서 젖 먹이던 아이를 방바닥에 쓸어박고 발딱 일어섰다. 제 공을 모르고 게정*만 부리니까 매우 야속한 모양 같다. 찬 방에서 너 좀 자 보란 듯이 천연스레 뒤로 치마꼬리를 여미더니 그대로 살랑살랑 나가 버린다.

솔 53

아이는 또 그대로 요란스레 울어댄다. 눈 위를 밟는 아내의 발자국 소리가 멀리 사라짐을 알자 그는 비로소 맘이 놓였다. 방문을 열고 가만히 밖으로 나왔다. 무슨 짓을 하든 볼 사람은 없을 것이다.

그는 부엌으로 더듬어 들어가서 우선 성냥을 드윽 그어대고 두리번거렸다. 짐작했던 대로 그 함지박은 부뚜막 위에서 주인을 우두커니 기다리고 있다. 그 속에 담긴 감자 나부랭이는 그 자리에 쏟아 버리고, 그리고 나서 번쩍 들고 뒤란으로 나갔다. 앞으로 들고 나갔으면 좋을 테지만 그러다 아내에게 들키면 아주 혼이 난다. 어렵더라도 뒤꼍 언덕 위로 올라가서 울타리 밖으로 쿵 하고 아니 던져 넘길 수 없다. 그 다음에가 이게 좀 거북한 일이었다. 하지만 예전에 뒤나 보러 나온 듯이 뒷짐을 딱 지고 싸리문께로 나와 유유히 사면을 돌아보면 그만이다. 하얀 눈 위에는 아내가 고대 밟고 간 발자국만이 딩금딩금 남았다.

그는 울타리에 몸을 착 비벼대고 뒤로 돌아서 그 함지박을 집어들자 곧 뺑소니를 놓았다.

근식이는 인가를 피하여 산기슭으로만 멀찌감치 돌았다. 그러나 함지박은 몸에다 곁으로 착 붙였으니 좀체로 들킬 염려는 없을 것이다.

매웁게 쌀쌀한 초생달은 푸른 하늘에 댕그머니 눈을 떴다. 수

어리 골을 흘러내리는 시내도 이제는 얼어붙었고 그 빛이 날카 롭게 번득인다. 그리고 산이며 들, 집, 낟가리,* 만물은 겹겹 눈 에 잠겨 숨소리조차 내질 않는다.

 산길을 빠져서 거리로 나오려 할 제 어디에선가 징이 쩡쩡, 울 린다. 그 소리가 고적한 밤공기를 은은히 흔들고 하늘 저편으로 사라진다. 그는 가던 다리가 멈칫하여 멍하니 넋을 잃고 섰다.

 오늘 밤이 농민회 총회임을 그만 정신이 나빠서 깜빡 잊었던 것이다. 한 번 회에 안 가는데 궐전이 오 전, 뿐만 아니라 공연 한 부역까지 안담*이 씌우는 것이 이 동리의 전례였다. 또 경쳤 구나, 하고 길에서 그는 망설이다, 허나 몸이 아파서 앓았다면 그만이겠지, 이쯤 안심도 해본다. 그렇지만 어쩐 일인지 그래도 속이 끌밋하였다.*

 요즘 눈바람은 부닥치는데 조밥 꽁댕이를 씹어 가며 신작로를 닦는 것은 그리 수월치도 않은 일이었다. 떨면서 그 지랄을 또 하려니, 생각만 해도 짜장 이에서 신물이 날 뻔하다 만다. 그럼 하루를 편히 쉬고 그걸 또 하느냐. 회에 가서 새 까먹은 소리나 마 그 소리를 졸아 가며 듣고 앉았느냐— 얼른 딱 정하지를 못 하고 그는 거리에서 한 서너 번이나 주춤하였다. 하지만 농민회 가 동리에 청년들을 말짱 다 쓸어간 그것만은 여간 고마운 일이 아니었다. 오늘 밤에는 술집에 가서 저 혼자 들병이를 차지하고

놀 수 있으리라.

그는 선뜻 이렇게 생각하고 부지런히 다리를 재촉하였다. 그리고 술집 가까이 왔을 때에는 기쁠 뿐만 아니요, 또한 용기까지 솟아올랐다. 길가에 따로 떨어져서 호젓이 놓인 집이 술집이다. 산모롱이 옆에 서서 눈에 쌓이어 그 흔적이 긴가민가하나 달빛에 비치어 갸름한 꼬리를 달고 있다. 서쪽으로 그림자에 묻혀 대문이 열렸고 그 곁으로 불이 반짝대는 지게문이 하나 있다. 이 방이, 즉 계숙이가 빌려서 술을 팔고 있는 방이다. 문을 열고 썩 들어서니 계숙이는 일어서며 무척 반긴다.

"이게 웬 함지박이지유?"

그 태도며 얕은 웃음을 짓는 약이 나달 전 처음 인사할 때와 조금도 변치 않았다. 아마 어젯밤 자기를 보고 사랑한다던 그 말이 알톨 같은 진정이기도 쉽다. 하여튼 정분이란 과연 희한한 물건이로군……

"왜 웃어, 어젯밤 술값으로 가져왔는데……" 하고 근식이는 말을 받다가 어쩐지 좀 겸연쩍었다. 계집이 받아 들고서 이리로 뒤척 저리로 뒤척 하며 또는 바닥을 두들겨도 보며 이렇게 좋아하는 걸 얼마쯤 보다가,

"그게 그래 뭬두 두 장은 훨씬 넘을걸!"

마주 싱그레 웃어 주었다. 참이지 계숙이의 흥겨운 낯을 보는

것은 그의 행복 전부였다.

 계집은 함지를 들고 안쪽 문으로 들고 나가더니 술상 하나를 곱게 받쳐 들고 들어왔다. 돈이 없어서 미안하여 달라지도 않는 술이나, 술값은 어찌 되었든지 우선 한잔 하란 맥이었다. 막걸리를 화로에 거냉*만 하여 따라 부으며,

 "어서 마시게유, 그래야 몸이 풀려유—."
하더니 손수 입에다 부어까지 준다.

 그는 황감하여* 얼른 한숨에 쭈욱 들이켰다. 그리고 한 잔 두 잔 석 잔…….

 계숙이는 탐탁히 옆에 붙어 앉더니 근식이의 얼은 손을 젖가슴에 묻어 주며,

 "아이 차, 일 어째!" 한다. 떨고서 왔으니까 퍽이나 가여운 모양이었다. 계숙이는 얼마 그렇게 안타까워하고 고개를 모로 접으며,

 "난 낼 떠나유……" 하고 썩 떨어지기 섭한 내색을 보인다. 좀더 있으려고 했으나 아까 농민회 회장이 찾아왔다. 동리를 위해서 들병이는 절대로 안 받으니 냉큼 떠나라 했다. 그러나 이 밤에야 어디를 가랴. 내일 아침 밝는 대로 떠나겠노라 했다 하는 것이다.

 이 말을 듣고 근식이는 그만 낭판이 떨어져서 멍멍하였다. 언

제이든 갈 줄은 알았던 게나 이다지도 갑자기 서둘 줄은 꿈 밖이었다. 자기 혼자서 따로 떨어지면 앞으로는 어떻게 살려는가…….

계숙이의 말을 들어 보면 저에게도 번히는* 남편이 있었다 한다. 즉 아랫목에 방금 누워 있는 저 아이의 아버지가 되는 사람이다. 술만 처먹고 노름질에다 후딱하면 아내를 두들겨 패고 번 돈푼을 뺏어 가고는 해서 당최 견딜 수가 없어 석 달 전에 갈렸다고 하는 것이다. 그럼 자기와 드러내 놓고 살아도 무방한 것이 아닌가. 허나 그런 소리란 차마 이쪽에서 먼저 꺼내기가 어색하였다.

"난 그래 어떻게 살아……. 나두 따라갈까?"

"그럼, 그럽시다유" 하고 계숙이는 그 말을 바랐단 듯이 선뜻 받다가,

"집에 있는 아내는 어떡하지유?"

"그건 염려 없어!"

근식이는 그만 기운이 뻗쳐서 시방부터 계숙이를 얼싸안고 들먹거린다. 치우기는 별로 힘들지 않을 것이다. 왜냐하면 제대로 그냥 내버려 두면 제가 어디로 가든 할 게니까. 하여튼 이제부터는 계숙이를 따라다니며 빌어먹겠구나, 하는 새로운 생활만이 기쁠 뿐이다.

"내 밝기 전에 가야 들키지 않을걸!"

밤이 야심해도 회 때문인지 술꾼은 좀체 보이지 않았다. 이젠 안 오려니 단념하고 방문고리를 걸은 뒤 불을 껐다. 그리고 계숙이는 멀거니 앉아 있는 근식이의 팔에 몸을 던지며 한숨을 후우 짓는다.

"살림을 하려면 그릇 조각이라두 있어야 할 텐데……."

"염려 마라, 내 집에 가서 가져오지!"

그는 조금도 거리낌없이 그저 선선하였다. 딴은 아내가 잠에 곯아지거든 슬며시 들어가서 이것저것 마음에 드는 대로 후무려 오면 그뿐이다. 앞으로 굶주리지 않아도 맘 편히 살려니 생각하니 잠도 안 올 만큼 가슴이 들렁들렁하였다.

방은 외풍이 몹시도 세었다. 주인이 그악스러워서* 구들에 불도 변변히 안 지핀 모양이다. 까칠한 공석자리에 등을 붙이고 사시나무 떨리듯 덜덜 대구 떨었다. 한구석에 쓸어박혔던 아이가 별안간 잠이 깼다. 칭얼거리며 사이를 파고들려는 걸 어미가 야단을 치니 도로 제자리에 가서 찍 소리 없이 누웠다. 매우 훈련 잘 받은 젖먹이였다.

그러나 근식이는 그놈이 생각하면 할수록 되우 싫었다. 우리들이 죽도록 모아 놓으면 저놈이 중간에서 써 버리겠지. 제 애비 본으로 노름질도 하고, 에미를 두들겨 패서 돈도 뺏고 하리

라. 그러면 나는 신선 놀음에 도끼자루 썩는 격으로 헛공만 들이는 게 아닐까 하고 생각하니 당장에 곧 얼어죽어도 아깝지는 않을 것이다. 허나 어미의 환심을 사려니깐,

"에, 그놈 착하기도 하지" 하고 두어 번 그 궁둥이를 안 뚜덕일 수도 없으리라.

달이 기울어서 지게문을 훤히 밝히게 되었다. 간간 외양간에서는 소의 숨쉬는 식식 소리가 거푸지게 들려온다. 평화로운 잠자리에 때아닌 마가 들었다. 뭉태가 와서 낮은 소리로 계숙이를 부르며 지게문을 열라고 찌걱거리는 게 아닌가. 전일부터 계숙이에게 돈 좀 쓰던 단골이라고 세도가 막 댕댕하다.*

근식이는 망할 자식, 하고 골피를 찌푸렸다. 마는 계숙이가 귓속말로,

"내 잠깐 말해 보낼 게 밖에 나가 기달리유" 함에는 속이 좀 든든하지 않을 수 없다. 그 말은 남편을 신뢰하고 하는 통사정* 이리라.

그는 안문으로 바람같이 나와서 방 벽께로 몸을 착 붙여 세우고 가끔 안채를 살펴보았다. 술집 주인이 나오다 이걸 본다면 담박 미친 놈이라고 욕을 할 것이다. 그렇지 않아도 그저께는,

"자네 바람 잔뜩 났네그려. 난 술을 파니 좋긴 하지만 맷돌짝을 들고 나오면 살림 그만둘 터인가?" 하고 멀쑤룩하게 닦이었

다. 오늘 들키면 또 무슨 소리를…….

근식이는 떨고 섰다가 이상한 소리를 듣고 정신이 번쩍 들었다. 그는 방문께로 바특이* 다가서서 가만히 귀를 기울였다. 왜냐하면 뭉태가 들어오며,

"오늘두 그놈 왔었나?" 하더니 계집이,

"아니유, 아무도 오늘은 안 왔어유" 하고 시치미를 떼니까,

"갔겠지, 뭘. 그 자식 왜 새 바람이 나서 지랄이야?" 하고 썩 신퉁그러지게 비웃는다.

여기에서 그놈 그 자식이란 물을 것도 없이 근식이를 가리킴이다. 그는 살이 다 불불 떨렸다. 그뿐 아니라 이말 저말 한참을 중언부언 지껄이더니,

"그 자식 동리에서 내쫓는다던걸!"

"왜 내쫓아?"

"아, 회엔 안 오고 술집에만 박혀 있으니까 그렇지."

(이건 멀쩡한 거짓말이다. 회 좀 안 갔기로 내쫓는 경우가 어디 있니, 망할 자식) 하고 그는 속으로 노하며 은근히 굳세게 쥔 주먹이 자꾸 떨리었다. 그만이라도 좋으련만,

"그 자식 어찌 못났는지 아내까지 동리로 돌아다니며 미화라구 숭*을 보는걸!"

(또 거짓말, 아내가 날 얼마나 무서워하는데 그런 소리를 해!)

"남편을 미화라구?" 하고 계집이 호호대고 웃으니까,
"그럼 안 그래? 그러구 계숙이를 집안 망할 도적년이라고 하던걸. 맷돌두 집어 가구 속곳도 집어 가구 했다구."
"누가 집어 가, 갖다 주니까 받았지" 하고 계집이 팔짝 뛰는 기색이더니,
"내가 아나, 근식이 처가 그러니깐 나두 말이지."
(아내가 설혹 그랬기루 그걸 다 꼬드겨 바쳐? 개새끼 같으니!)

그 다음엔 들으려고 애를 써도 들을 수 없을 만큼 병아리 소리로들 뭐라 뭐라고들 지껄인다. 그는 이것도 필경 저와 계숙이의 사이가 좋으니까 배가 아파서 이간질이라 생각하였다. 그런데 계집도 는실난실 여일*히 받으며 같이 웃는 것이 아닌가.

근식이는 분을 참지 못하여 숨소리도 거칠 만큼 되었다. 마는 그렇다고 뛰어들어가 두들겨 줄 형편도 아니요, 어째 볼 도리가 없다. 계숙이나 뭣 하면 노엽기도 덜하련마는 그것조차 핀잔 한마디 안 주고 한통속이 되는 듯하니 야속하기가 이를 데 없다.

그는 노기와 한고로 말미암아 팔짱을 찌르고는 덜덜 떨었다. 농창이 난 버선이라 눈을 밟고 섰으니 뼈끝이 쑤시도록 시렵다. 몸이 괴로워지니 그는 아내의 생각이 머릿속에 문득 떠오른다. 집으로만 가면 따스한 품이 기다리련만 왜 이 고생을 하는지 실

로 알고도 모를 일이다. 하지만 다시 잘 생각하면 아내 그까짓 건 싫었다. 아리랑 타령 한마디 못 하는 병신, 돈 한푼 못 버는 천치—하긴 초작에야 물불을 모를 만큼 정이 두터웠으나 때가 어느 때이냐, 인제는 다 삭고 말았다.

 뭇사람의 품으로 옮아 안기며 데쓸거리는 들병이가 말은 천하다 할망정 힘 안 들이고 먹으니 얼마나 부러운가. 침들을 게게 흘리고 덤벼드는 뭇놈을 이 손 저 손으로 맘대로 주무르니 그 호강이 바이 고귀하다 할지라······.

 그는 설한에 이까지 딱딱거리도록 몸이 얼어 간다. 그러나 집으로 가서 자리 위에 편히 쉴 생각은 조금도 없는 모양 같다. 오직 계숙이가 불러들이기만 고대하여 턱살을 받쳐대고 눈이 빠질 지경이다. 모진 눈보라는 가끔씩 목덜미를 냅다 갈긴다. 그럴 적마다 저고리 동정으로 눈이 날아들며 등줄기가 선뜩선뜩하였다. 근식이는 암만 기다려도 때가 되었으련만 불러들이지를 않는다. 수근거리던 그것조차 끊기고 인젠 굵은 숨소리만 흘러 나온다.

 그는 저도 모르게 약이 발부리에서 머리끝까지 바짝 치뻗었다. 들병이란 더러운 물건이다. 남의 살림을 망쳐 놓고 게다가 난한 농군의 피를 빨아먹는 여우다, 하고 매우 쾌쾌히* 생각하였다. 일변 그렇게까지 노해서 나갔는데 아내가 지금쯤은 좀 풀

었을까 이런 생각도 해본다.

처마 끝에 쌓였던 눈이 푹 하고 땅에 떨어질 때 그때 분명히 그는 집으로 가려 하였다. 만일 계숙이가 때맞춰 불러들이지만 않았다면,

"에이, 더러운 년!'

속으로 이렇게 침을 뱉고 네 보란 듯이 집으로 빽 달아났을지도 모른다.

계집은 한 문으로,

"칩겠수, 얼른 가우."

"뭘 이까진 추이—."

"그럼 잘 가게유. 낭종 또 만납시다."

"네 추후루 한번 찾아가지."

뭉태가 이렇게 내뱉자 또 한 문으로,

"가만히 들어오게유" 하고 조심히 근식이를 집어들인다. 그는 발바닥의 눈도 털 줄 모르고 감지덕지하여 냉큼 들어서서 우선 얼른 손을 썩썩 문댔다.

"밖에서 퍽 추웠지유?"

"뭘 추워, 그렇지" 하고 그는 만족히 웃으면서 그렇듯 분분하던 아까의 분노를 다 까먹었다.

"그 자식, 남 자는 데 왜 와서 쌩이질이야!"

"그러게 말예유. 그건 눈치 코치도 없어!" 하고 계집은 조금도 빈틈없이 여전히 탐탁하였다. 그리고 등잔에 불을 다리며 거나하여* 생글생글 웃는다.

"자식이 왜 그 뻔세람. 거짓말만 슬슬 하구!" 하며 근식이는 먼젓번 뭉태에게 흉잡혔던 그 대갚음을 안 할 수 없다. 나두 네가 한 만큼은 하겠다 하고,

"아, 그놈 참 병신됐다더니 어떻게 걸어다녀?"

"왜 병신이 되우?"

"남의 계집 오입*하다가 들켜서 밤새도록 목침으로 두들겨 맞었지. 그래 웅치가 끊어졌느니 대리가 부러졌느니 하더니 그래두 곧잘 걸어다니네!"

"알라리, 별일두."

계집은 세상에 없을 일이 다 있단 듯이 눈을 째웃하더니,

"제 계집 좀 보았기루 그렇게 때릴 건 뭐야."

"아, 그래 안 그래 그럼. 나라두 당장 그놈을!" 하고 근식이는 제 아내가 욕이라도 보는 듯이 기가 올랐으나 그러나 계집이 낯을 찌푸리며,

"그 뭐 계집이 어디가 떨어지나 그러게?" 하고 쌜쭉이 뒤둥그러지는 데는 어쩔 수 없이 저도,

"허긴 그렇지, 놈이 원체 못나서 그래" 하고 얼른 눙치는* 게

솥 65

상책이었다.

  내일부터라도 계숙이를 따라다니며 먹을 텐데 딴은 이것저것을 가리다가는 죽도 못 빌어먹는다. 그보다는 몸이 열파*에 난 대도 잘 먹을 수만 있다면야 그만이 아닌가……. 그건 그렇다 치고, 어떻든 뭉태란 놈의 흉은 그만큼 봐야 할 것이다. 그는 담배를 한 대 피워 물고 뭉태는 본디 돈도 신용도 아무것도 없는 건달이란 둥, 동리에서 그놈의 말은 곧이 안 듣는다는 둥, 심지어 남의 보리를 훔쳐내다 붙잡혀서 콩밥을 먹었다는 허풍까지 치며 없는 사실을 한참 늘어놓았다.

  그는 이렇게 계집을 얼렁거리다 안마을에서 첫 홰를 울리는 계명성을 듣고 깜짝 놀랐다. 개동*까지는 떠날 차비가 다 되어야 할 것이다. 그는 계집의 뺨을 손으로 문질러 보고 벌떡 일어서서 밖으로 나온다.

  "내 집에 좀 갔다 올게. 꼭 기다려, 응."

  근식이가 거리로 나올 때에는 초승달은 완전히 넘어갔다. 저 건너 산 밑 국숫집에는 아직도 마당의 불이 환하다. 아마 노름꾼들이 모여들어 국수를 눌러 먹고 있는 모양이다. 그는 밭둑으로 돌아가며 지금쯤 아내가 집에 돌아와 과연 잠이 들었을지 퍽 궁금했다. 어쩌면 매함지박 없어진 건 알았을지도 모른다. 제가 들어가면 바가지를 긁으려고 지키고 앉았지나 않을는지…….

 이렇게 되면 계숙이와의 약속만 깨어질 뿐 아니라 일은 다 그르고 만다.
 그는 제물에 다시 약이 올랐다. 계집년이 건방지게 남편의 일을 지키구 앉았구, 남편이 하자는 대로 했을 따름이지. 제가 항상 뭔데, 하지만 이 주먹이 들어가 귓배기 한 서너 번만 쥐어박으면 그만이 아닌가……
 다시 힘을 얻어 가지고 그는 제 집 싸리문께로 다가서며 살며시 들이밀었다. 달빛이 없어지니까 부엌 쪽은 캄캄한 것이 아주 절벽이다. 뜰에 깔린 눈의 반영이 있으므로 그런 대로 그저 할 만하다 생각하였다.
 그러나 우선 봉당 위로 올라서서 방문에 귀를 기울이지 않을 수 없었다. 문풍지도 울 듯한 깊은 숨소리, 입을 벌리고 곁에서 코를 골아대는 아내를 일상 책했더니 이런 때에 덕 볼 줄은 실로 뜻하지 않았다. 저런 콧소리면 사지를 묶어 가도 모를 만큼 곯아졌을 게니까…….
 그제서야 마음을 놓고 허리를 굽히고, 그리고 꼭 도둑같이 발을 제겨디디며* 부엌으로 들어섰다. 첫째, 살림을 시작하려면 밥은 먹어야 할 테니까 솥이 필요하다. 손으로 더듬더듬 찾아서 솥뚜껑을 한 옆에 벗겨 놓자 부뚜막에 한 다리를 얹고 두 손으로 솥전을 잔뜩 움켜잡았다. 인제는 잡아당기기만 하면 쑥 뽑힐

솥 67

게니까 그리 어렵지 않을 것이다.

이 솥이 생각하면 사 년 전 아내를 맞아들일 때 행복을 계약하던 솥이었다. 그 어느 날인가 읍에서 사서 둘러메고 올 제는 무척 기뻤다. 때가 지나도록 아내가 뭔지 생각하고 모르다가 이제야 알고 보니 딴은 훌륭한 보물이다. 이 솥에서 둘이 밥을 지어 먹고 한평생 같이 살려니 하며 생각하니 세상이 모두 제 것 같다.

"솥 사왔지."

이렇게 집에 와 내려놓으니 아내도 뛰어나와 짐을 끄르며,

"아이, 그 솥 이뻐이! 얼마 주었소?" 하고 기뻐하였다.

"번인 일 원 사십 전 달라는 걸 억지로 깎아서 일 원 삼십 전에 떼 왔는걸!" 하고 저니까 깎았다는 우세를 뽐내니,

"참 싸게 샀수, 그러나 더 좀 깎았으면 좋았지."

그리고 아내는 솥을 두들겨 보고 불빛에 비쳐 보고 하였다. 그래도 밑바닥에 구멍이 뚫렸을지 모르므로 물을 부어 보다가,

"아, 이보게. 새네 새, 이를 어쩌나?"

"뭐, 어디?"

그는 솥을 받아들고 눈이 휘둥그래서 보다가,

"글쎄, 이놈의 솥이 새질 않나!" 하고 얼마를 살펴보고 난 뒤에야 새는 게 아니고 전으로 물이 검흐르는* 것을 알았다.

"숭맥두 다 많어이, 이게 새는 거야? 겉으로 물이 흘렀지!"
"참, 그렇군!"
둘이들 이렇게 행복하게 웃고 즐기던 그 솥이었다. 그러나 예측했던 달가운 꿈은 몇 달이었고, 툭하면 굶고 지지리 고생만 하였다. 인제는 마땅히 다른 데로 옮겨야 할 것이다.

그는 조금도 서슴없이 솥을 쑥 뽑아 한 길 치에 내려놓고 또 그 다음 것을 찾았다.

근식이는 어두운 부엌 한복판에 서서 뒤 급한 사람처럼 허둥지둥 매인다. 그렇다고 무엇을 찾는 것도 아니요, 뽑아 논 솥을 집는 것도 아니다. 뭣뭣을 가져가야 할는지 실은 가져갈 그릇도 없거니와 첫째 생각이 안 나서이다. 올 때에는 그렇게도 여러 가지가 생각나더니 실상 와 닥치니까 어리둥절하다. 얼마 뒤에야,

"옳지, 이런 망할 정신 보래!"

그는 잊었던 생각을 겨우 깨치고 벽에 걸린 바구니를 떼 들고 뒤적거린다. 그 속에는 닳아 일그러진 수저가 세 자루, 길고 짧고 몸 고르지 못한 젓가락이 너덧 매 있었다.

그 중에서 덕이(아들) 먹을 수저 한 개만 남기고는 모집어서 궤춤에 꾹 꽂았다. 그리고 더 가져가려 하니 생각은 부족한 것이 아니로되 그릇이 마뜩치 않다. 가령 밥사발, 바가지, 종

솥 69

지…….

 방에는 앞으로 둘이 덮고 자지 않으면 안 될 이불이 한 채 있다마는 방금 아내가 잔뜩 끌어안고 앞으로 매대기*를 치고 있을 게니 이건 오폐부득이다. 또 웃목 구석에 너덧 되 남은 좁쌀 자루도 있지 않느냐……. 하지만 이게 다 일을 덧내는* 생각이다. 그는 좀 미진하나마 솥만 들고는 그대로 그림자와 같이 나와 버렸다. 그의 집은 수어릿골 꼬리에 달린 막바지였다. 양쪽 산에 끼여 시냇가에 집은 얹혔고, 늘 쓸쓸하였다. 마을 복판에 일이라도 있어 돌이 깔린 시냇길을 여기서 오르내리자면 적잖이 애를 씌웠다.

 그러나 이제로는 그런 고생을 더 하자 하여도 좀체 없을 것이다. 고생도 하직을 하자 하니 귀엽고도 일변 안타까운 생각이 없을 수 없다. 그는 살던 제 집을 두서너 번 돌아다보고 그리고 술집으로 횡허케 달려갔다.

 방에 불은 아직도 켜 있었다. 근식이는 허둥지둥 지게문을 열고 뛰어들며,

 "어, 추워!" 하고 커다랗게 몸서리를 쳤다.

 "어서 들어오우, 난 안 오는 줄 알았지."

 계숙이는 어리병병한 웃음을 띠고 그리고 몹시 반색한다. 아마 그 동안 자지도 않은 듯 보자기에 아이 기저귀를 챙기며 일

변 쪽을 고쳐 끼기도 하고 떠날 준비에 서성서성하고 있다.
"안 오긴 왜 안 와."
"글쎄 말이유. 안 오면 누군 가만 둘 줄 아나. 경을 이렇게 쳐주지" 하고 그 팔을 꼬집다가,
"아, 아, 아고파!" 하고 근식이가 응석을 부리며 덤비니,
"여보기유, 참 짐은 어떡허지유?"
"뭘 어떡해?"
"아니, 언제 쌀려느냔 말이지유" 하고 뭘 한참 속으로 생각한다.
"미리 싸 놨다가 훤하거든 곧 떠납시다유."
근식이도 거기에 동감하고 계집의 의견대로 짐을 덩그라니 묶어 놓았다. 짐이라야 솥, 맷돌, 매함지박, 옷보따리, 게다 술값으로 받아들인 쌀 몇 되, 좁쌀 몇 되…….

먼동이 트는 대로 짊어만 메면 되도록 짐은 아주 간단했다. 만약 아침에 주저거리다간 우선 술집 주인에게 발각이 될 게고 따라 동리에 소문이 퍼진다. 그뿐 아니라 아내가 쫓아온다면 팔자는 못 고치고 모양만 창피할 것이 아닌가…….

떠날 차비가 다 되자 그는 자리에 누워 날 새기를 기다렸다. 시방이라도 떠날 생각은 간절하나 산골에서 짐승을 만나면 귀신이 되기 쉽다. 하지만 술집의 짐은 다 되었으니까 인사도 말

고 개동까지는 슬며시 달아나야 할 것이다. 그는 몸을 덜덜 떨어 가며 얼른 동살이 잡혀야* 할 텐데……. 그러다 어느 결에 잠이 깜빡 들었다.

그것은 어느 때쯤이나 되었는지 모른다. 어깨가 으쓱하고 찬 기운이 수가마로 새드는 듯이 속이 떨려서 번쩍 깨었다. 허나 실상은 그런 것도 아니요, 아이가 킹킹거리며 머리 위로 자꾸 기어올라서 눈이 띄었는지 모른다.

그는 귀찮아서 손으로 아이를 밀어 내리고 또 밀어 내리고 하였다. 그러나 세 번째 밀어 내리고자 손이 이마 위로 또 올라갈 제, 실로 알지 못할 일이다. 등 뒤 웃목 쪽에서.

"이리 온, 아빠 여기 있다" 하고 귀 설은 음성이 들리지 않는가…….

걸걸하고 우람한 그 목소리……. 근식이는 이게 꿈이 아닌가 하여 정신을 가만히 가다듬고 눈을 떴다 감았다 하였다. 그렇다고 몸을 삐긋하는 것도 아니요, 숨소리를 제법 크게 내는 것도 아니요, 가슴속에서 한갓 염통만이 펄떡펄떡 떨 뿐이다.

암만 보아도 이것이 꿈은 아닐 듯싶다. 어두운 방, 앞에 누운 계숙이, 킹킹거리는 어린애……. 걸걸한 목소리는 또 들린다.

"이리 와, 아빠 여기 있다니깐."

아이의 아빠이면 필연코 내던진 본남편이 결기*를 먹고 따라

왔음에 틀림이 없을 것이다. 그리고 아내의 부정을 현장에서 맞닥뜨린 남편의 분노이면 너나없이 다 일반이리라. 분김에 낫이라도 들어 찍으면 그대로 찍 소리도 못 하고 죽을밖에 별 도리 없다. 확실히 이게 꿈이어야 할 텐데 꿈은 아니니 근식이는 얼른 몸에서 땀이 다 솟을 만큼 속이 답답하였다. 꼿꼿해진 등살은 그만두고 발가락 하나 꼼짝 못 하는 것이 속으로 인젠 참으로 죽나 보다 하고 거의 산송장이 되었다.

물론 이러면 좋을까 저러면 좋을까 하고 들입다 애를 짜도 본다. 그러나 결국에는 계숙이를 깨우면 일이 좀 필까 하고 손가락으로 그 배를 넌지시 쿡쿡 찔러도 보았다. 한 번, 두 번, 세 번, 그리고 네 번째는 배에 창이 나라고 힘을 들여 찔렀다. 마는 계숙이는 깨기는커녕 새로 그의 허리를 더 잔뜩 끌어안고 코 골기에 세상 모른다. 그는 더욱 부쩍부쩍 진땀만 흘렸다.

남편은 어청어청 등 뒤로 걸어오는 듯하더니 아이를 번쩍 들어 안는 모양이다.

"이놈아, 왜 성가시게 굴어?"

이렇게 아이를 꾸짖고,

"어여들 편히 자게유!" 하여 쾌히 선심을 쓰고 웃목으로 도로 내려간다. 그 태도며 그 말씨가 매우 맘세 좋아 보였다. 마는 근식이에게는 이것이 도리어 견딜 수 없을 만큼 살을 저미는 듯하

였다. 이렇게 되면 이왕 죽을 바에야 얼른 죽이기나 바라는 것이 다만 하나 남은 소원일지도 모른다.

계숙이는 얼마 후에야 꾸물꾸물하며 겨우 몸을 떠들었다.

"어서 떠나야지?" 하고 두 손등으로 잔눈을 비비다가 웃목을 내려다보고는 몹시 경풍*을 한다. 그리고 고개를 접더니 입을 꼭 봉하고 잠잠히 있을 뿐이다.

이런 동안에 날은 아주 활짝 밝았다. 안부엌에선 솥을 가시는 소리가 시끄럽게 들려온다. 주인은 기침을 하더니 찌걱거리며 대문을 여는 모양이었다.

근식이는 이래도 죽기는 일반이라 생각하였다. 참다못해 저도 따라 일어나 웅크리고 앉으며 어찌 될 건가 또다시 처분만 기다렸다. 그런 중에도 곁눈으로 흘깃 살펴보니 키가 커다란 한 놈이 책상다리에 아이를 안고서 웃목에 앉았다. 감때는 그리 사납지 않으나* 암기* 좀 있어 보이는 듯한 그 낯짝이 족히 사람깨나 잡을 듯하다.

"떠나지들……."

남편은 이렇게 제법 재촉하며 자리에서 일어섰다. 마치 제가 주장하여 둘을 데리고 먼 길이나 떠나는 듯싶다. 아이를 계숙이에게 내맡기더니 근식이를 향하여,

"여보기유, 일어나서 이 짐 좀 지워 주게유" 하고 손을 빈다.

근식이는 잠깐 얼떨하여 그 얼굴을 멍히 쳐다봤으나, 그러나 하란 대로 안 할 수도 없다. 살려 주는 것만 다행으로 여기고 본시는 제가 질 짐이로되 부축하여 그 등에 잘 지워 주었다.

솥, 맷돌, 함지박, 보따리들을 한데 묶은 것이니 무겁기도 좋이 무거울 게다. 하나 남편은 조금도 힘드는 기색을 보이긴커녕 아주 홀가분한 몸으로 덜렁덜렁 밖을 향하여 나선다. 아내는 남편의 분부대로 아이는 포대기로 들싸서 등에 업었다. 그리고 입속으로 뭐라는 소리인지 종알종알하더니 저도 따라 나선다. 근식이는 얼빠진 사람처럼 서서 웬 영문을 모른다. 한참, 그러나 대체 어떻게 되는 건지 그들의 하는 양이나 보려고 그도 슬슬 뒤묻었다.

아침 공기는 뼈끝이 다 쑤시도록 더욱 매섭다. 바람은 지면의 눈을 품어다간 얼굴에 뿜고 또 뿜고 하였다. 그들은 산모퉁이를 꼽틀어 퍼언한 언덕길로 성큼성큼 내린다.

아내를 앞에 세우고 길을 찾으며 일변 남편은 뒤에 우뚝 서 있는 근식이를 돌아보고,

"왜 섰수? 어서 같이 갑시다유" 하고 동행하기를 간절히 권하였다.

그러나 근식이는 아무 대답 없고 다만 우두커니 섰을 뿐이다. 이때 산모퉁이 옆길에서 두 주먹을 흔들며 헐레벌떡 달겨드는

것이 근식이의 아내였다. 일은 벌어졌으나 말을 하기에는 너무도 기가 찼다. 얼굴이 새빨개지며 눈에 눈물이 불현듯 고이더니,

"왜 남의 솥을 빼 가는 거야?" 하고 대뜸 계집에게로 달라붙는다. 그리고 고개만을 겨우 돌려,

"누가 빼 갔어?" 하다가,

"그럼 저 솥이 누구 거야?"

"누구 건지 내 알아? 갖다 주니까 가져가지!" 하고 근식이 처만 못지않게 독살이 올라 소리를 지른다. 동리 사람들은 잔눈을 비비며 하나둘 구경을 나온다. 멀찍이 떨어져서 서로들 붙고 떨어지고,

"저게 근식이네 솥인가?"

"글쎄, 설마 남의 솥을 빼 갈라구!"

"갖다 줬다니까 근식이가 빼 온 게지!"

이렇게 수군숙덕…….

근식이는 아내를 뜯어 말리며 두 볼이 확확 달았다. 마는 아내는 남편에게 한 팔을 끄들린 채 그대로 몸부림을 하며 여전히 대들려고 든다. 그리고 목이 찢어지라고,

"왜 남의 솥을 빼 가는 거야, 이 도둑년아!"

하고 연해 발악을 친다. 그렇지마는 들병이 두 내외는 금세 귀

가 먹었는지 하나는 짐을, 하나는 아이를 들러 업은 채 언덕으로 유유히 내려가며 한 번 돌아다보는 법도 없다.

 아내는 분에 복받쳐 그만 눈 위에 털썩 주저앉으며 체면 모르고 울음을 놓는다.

 근식이는 구경꾼 쪽으로 시선을 흘깃거리며 쓴 입맛만 다실 따름……. 종국*에는 두 손으로 눈 위의 아내를 잡아 일으키며 거반* 울상이 되었다.

 "아니야. 글쎄, 우리 것이 아니라니깐 그러네, 참!"

산골

　　어느덧 이쁜이는 눈시울에 구슬방울이 맺히기 시작한다. 그리고 나물 바구니가 툭, 하고 땅에 떨어지자 두 손에 펴들은 치마폭으로 그새 얼굴을 폭 가리고는 이쁜이는 흑륵흑륵 마냥 느끼며 울고 섰다. 이제야 후회하노니 도련님 공부하러 서울로 떠나실 때 저도 간다구 왜 좀더 붙들고 늘어지지 못했던가, 생각하면 할수록 가슴만 미어질 노릇이다. 그러나 마님의 눈을 어기고 자그만 보따리를 옆에 끼고 산 속으로 이십 리나 넘어 따라갔던 이쁜이가 아니었던가.

산골

산

　머리 위에서 굽어보던 해님이 서쪽으로 기울어 나무에 긴 꼬리가 달렸건만, 나물 뜯을 생각은 않고 이쁜이는 늙은 잣나무 허리에 등을 비겨대고 먼 하늘만 이렇게 하염없이 바라보고 섰다.
　하늘은 맑게 개고 이쪽 저쪽으로 뭉글뭉글 피어 오른 흰 꽃송이는 곱게도 움직인다. 저것도 구름인지 학들은 쌍쌍이 짝을 짓고 그 사이로 날아들며 끼리끼리 어르는 소리가 이 수풍*까지 멀리 흘러내린다.
　갖가지 나무들은 사방에 잎이 우거졌고 땡볕에 그 잎을 펴들고 너홀너홀 바람과 아울러 산골의 향기를 자랑한다. 그 공중에는 날으는 꾀꼬리가 어여쁘고 노란 날개를 팔딱이고 이 가지 저 가지로 옮겨 앉으며 흥에 겨운 행복을 노래부른다.
　―고―이! 고이 고―이!
　요렇게 아양스레 노래도 부르고,
　―담배 먹구 꼴 베어!
　맞은쪽 저 바위 밑은 필시 호랑님이 드나드는 굴이리라. 음침한 그 위에는 가시덤불 다래덩굴이 어지럽게 엉클어져 지붕이 되어 있고, 이것도 돌이랄지 연록색 털복숭아는 올망졸망 놓였

고, 그리고 오늘도 어김없이 뻐꾸기는 날아와 그 잔등에 다리를 머무르며,

―뻑국! 뻑국! 뻑뻑국!

어느덧 이쁜이는 눈시울에 구슬방울이 맺히기 시작한다. 그리고 나물 바구니가 툭, 하고 땅에 떨어지자 두 손에 펴들은 치마폭으로 그새 얼굴을 폭 가리고는 이쁜이는 흐륵흐륵 마냥 느끼며 울고 섰다. 이제야 후회하노니 도련님 공부하러 서울로 떠나실 때 저도 간다구 왜 좀더 붙들고 늘어지지 못했던가, 생각하면 할수록 가슴만 미어질 노릇이다. 그러나 마님의 눈을 어기고 자그만 보따리를 옆에 끼고 산 속으로 이십 리나 넘어 따라갔던 이쁜이가 아니었던가. 과연 이쁜이는 산등을 질러 갔고 으슥한 고개 마루에서 기다리고 섰다가 넘어오시는 도련님의 손목을 꼭 붙잡고,

"난 안 데려가지유!" 하고 애원 못 한 것도 아니냐, 공연스레 눈물부터 앞을 가렸고 도련님이 놀라며,

"너 왜 오니? 여름에 꼭 온다니까, 어여 들어가거라."
하고 역정을 내심에는 그만 두려웠으나 그래도 날 데려가라구 그 몸에 매달리니 도련님은 얼마를 벙벙히 그냥 섰다가,

"울지 마라, 이쁜아! 그럼 내 서울 가 자리나 잡거든 널 데려가마" 하고 등을 두드리며 달랠 제 만일 이 말에 이쁜이가 솔깃

하여 꼭 곧이듣지만 않았던들 도련님의 그 손을 안타깝게 놓지는 않았던걸…….

"정말 꼭 데려가지유?"

"그럼 한 달 후면 꼭 데려가마."

"난 그럼 기달릴 테야유!"

그리고 아침 햇발에 비끼는 도련님의 옷자락이 산등으로 꼬불꼬불 저 멀리 사라지고 아주 보이지 않을 때까지 이쁜이는 남이 볼까 하여 피어 흩어진 개나리 속에 몸을 숨기고 치마끈을 입에 물고는 눈물로 배웅하였던 것이 아니런가! 이렇게도 철석같이 다짐을 두고 가시더니 그 한 달이란 대체 얼마나 되는 건지 몇 한 달이 거듭 지나고 돌도 넘었으련만 도련님은 이렇다 소식 하나 전할 줄조차 모르신다. 실토로 터놓고 말하자면 늙은 이 잣나무 아래에서 도련님과 맨 처음 눈이 맞을 제 이쁜이가 먼저 그러자고 한 것도 아니런만—이쁜이 어머니가 마님댁 씨종이고 보면 그 딸 이쁜이는 잘 따져야 씨의 씨종이니 하잘것 없는 계집애이거늘 이쁜이는 제 몸이 이럼을 알고 시내에서 홀로 빨래를 할 제면 도련님이 가끔 덤벼들어 이게 장난이겠지, 품에 꼭 껴안고 뺨을 깨물어 뜯는 그 꼴이 숭글숭글하고 밉지는 않았으나, 그러나 이쁜이는 감히 그런 생각을 먹어 본 적이 없었다. 그날도 마님이 구미가 젖히셨다고* 얘 이쁜아 나물 좀 뜯어 온, 하실 때

 이쁜이는 퍽이나 반가웠고 아침밥도 몇 술로 겉날리고 바구니를 동무삼아 집을 나섰으니 나이 아직 열여섯이라 마님에게 귀염을 받는 것이 다만 좋았고 칠칠한 나물을 뜯어 드리고자 한사코 이 험한 산 속으로 기어올랐다.
 풀잎의 이슬은 아직 다 마르지 않았고 바위 틈바구니에 흩어진 잔디에는 커다란 구렁이가 똬리를 틀고서 떡머구리* 한 놈을 우물거리고 있는 중이매 이쁜이는 쌔근쌔근 가쁜 숨을 쉬어 가며 그걸 가만히 들여다보고 섰다가 바로 발 앞에 도라지순이 있음을 발견하고 꼬챙이로 마악 캐려 할 즈음 등 뒤에서 뜻밖에 발자국 소리가 들리는 것이 아닌가. 깜짝 놀라며 고개를 돌려 보니 언제 어디로 따라왔던가, 도련님은 물푸레나무 토막을 한 손에 지팡이로 짚고 붉은 얼굴이 땀바가지가 되어 식식거리며 그리고 씽글씽글 웃고 있다. 그 모양이 하도 수상하여 이쁜이는 눈을 동그랗게 뜨고 바라보니 도련님은 좀 면구쩍은지* 낯을 모로 돌리며 그러나 여일히* 싱글싱글 웃으며 뱃심 유한 소리가,
 "난 지팡이 꺾으러 왔다."
 그렇지만 이쁜이는 며칠 전 마님이 불러 세우고 너 도련님하고 같이 다니면 매맞는다, 하시던 그 꾸지람을 얼른 생각하고,
 "왜 따라왔지유? 마님 아시면 남 매맞으라구?"
하고 암팡스럽게* 쏘았으나 도련님은 귓등으로 듣는지 그래도

산골 83

여전히 싱글거리며 뱃심 유한 소리로,
"난 지팡이 꺾으러 왔다."
그제서는 이쁜이는 성을 안 낼 수가 없고,
"마님께 나 매맞어두 난 몰라."
혼자말로 이렇게 되알지게 쫑알거리고 너야 가든 말든 하라는 듯이 고개를 돌려 아까의 도라지를 다시 캐자노라니 도련님은 무턱대고 그냥 와락 달려들어,
"너 맞는 거 나는 알지."
이쁜이를 뒤로 꼭 붙들고 땀이 쭉 흐른 그 뺨을 또 잔뜩 깨물고는 놓질 않는다. 이쁜이는 어려서부터 도련님과 같이 자랐고 같이 놀았으되 제가 먼저 그런 생각을 두었다면 도련님을 벌컥 떠다밀어 바위 너머로 곤두박히게 했을 리 만무였고, 궁뎅이를 털고 일어나며 도련님이 무색하여* 멀거니 쳐다보고 입맛만 다시니 이쁜이는 그 꼴이 보기 가여웠고 죄를 저지른 제 몸에 대하여 죄송한 자책이 없던 바도 아니었지마는 다시 손목을 잡히고 이 잣나무 밑으로 끌릴 제에는 온 힘을 다하여 그 손깍찌를 벌리며 야단친 것도 사실이 아닌 건 아니나, 그러나 어덴가 마음 한편에 앙살*을 피면서도 넉히 끌려가도록 도련님의 힘이 좀 더 좀더 하는 생각이 전혀 없었다면 그것은 거짓말이 되고 말 것이다. 물론 이쁜이가 얼굴이 빨개지며 앙큼스러운 생각을 먹

은 것은 바로 이때였고,

"난 몰라, 마님께 여쭐 터이야, 난 몰라!"
하고 적잖이 조바심을 태우면서도 도련님의 속맘을 한번 뜯어보고자,

"누가 종두 이러는 거야?" 하고 손을 뿌리치며 된통 호령을 하고 보니 도련님은 이 깊고 외진 산 속임에도 불구하고 귀에다 입을 갖다 대고 가만히 속삭이는 그 말이,

"너 나하고 멀리 도망가지 않으련!"

그러니 이쁜이는 이 말을 참으로 꼭 곧이들었고 사내가 이렇게 겁을 집어먹는 수도 있는지 도련님이 땅에 떨어지는 성냥갑을 호주머니에 다시 집어넣을 줄도 모르고 덤벙거리며 산 아래로 꽁지를 뺄 때까지 이쁜이는 잣나무 뿌리를 베고 풀밭에 번듯이 드러누운 채 푸른 하늘을 바라보며 이제 멀리만 달아나면 나는 저 도련님의 아씨가 되려니 하는 생각에 마님께 진상할 나물 캘 생각조차 잊고 말았다. 그러나 조금 지나매 이쁜이는 어쩐지 저도 겁이 나는 듯싶었고 발딱 일어나 사면을 휘 돌아보았으나 거기에는 험상스러운 바위와 우거진 숲이 있을 뿐 본 사람은 하나도 없으련만 아마 산이 험한 탓일지도 모르리라. 가슴은 여전히 달랑거리고 두려우면서, 그러나 이 몸뚱이를 제 품에 꼭 품고 같이 뒹굴고 싶은 안타까운 그런 행복이 느껴지지 않는 것도

아니었으니 도련님은 이렇게 정은 들이고 가시고는 이제 와서는 생판 모르는 체하시는 거나 아닐런가…….

마을

두 손등으로 눈물을 씻고 고개는 어례* 들었으나 나물 뜯을 생각은 않고 이쁜이는 늙은 잣나무 밑에 앉아서 먼 하늘을 치켜대고 도련님 생각에 이렇게도 넋을 잃는다.

이제와 생각하면 야속도 스럽나니 마님께 매를 맞도록 한 것도 결국 도련님이었고 별 욕을 다 당하게 한 것도 결국 도련님이 아니었던가. 매일과 같이 산엘 올라다닌 지 단 나흘이 못 되어 마님은 눈치를 채셨는지 혹은 짐작만 하셨는지 저녁때 기진하여 내려오는 이쁜이를 불러 앉히시고,

"너 요년 바른 대로 말해야지 죽인다!"

하고 회초리로 때리시되 볼기짝이 톡톡 불거지도록 하셨고, 그래도 안차게* 아니라고 고집을 쓰니 이번에는 어머니가 달려들어 머리채를 휘어잡고 주먹으로 등어리를 서너 번 쾅쾅 때리더니 그만도 좋으련만 뜰 아랫방에 갖다 가두고 사날씩이나 바깥 구경을 못 하게 하고 구메밥*으로 구박을 막 함에는 이쁜이는

짜장 서럽지 않을 수가 없었다. 징역살이 맨 마지막 밤이 깊었을 제 이쁜이는 너무 원통하여 혼자 앉아서 울다가 자리에 누운 어머니의 허리를 꼭 끼고 그 품속으로 기어들며, "어머니 나 데련님하고 살 테야—" 하고 그예 저의 속중을 토설*하니 어머니는 들었는지 먹었는지 그냥 잠잠히 누었더니 한참 후 후유 하고 한숨을 내뿜을 때에는 이미 눈에 눈물이 그렁그렁하였고, 그리고 또 한참 있더니 입을 열어 하는 이야기가 지금은 이렇게 늙었으나 자기도 색시 때에는 이쁜이만큼이나 어여뻤고 얼마나 맵시가 출중*났던지 노 나리와 은근히 배가 맞았으나 몇 달이 못 가서 노마님이 이걸 아시고, 하루는 불러 세우고 때리시다가 마침내 샘에 못 이겨 인두로 하초를 지지려고 들이덤비신 일이 있다고 일러 주고, 다시 몇 번 몇 번 당부하여 말하되 석숭네가 벌써부터 말을 건네는 중이니 도련님에게 맘일랑 두지 말고 몸 잘 갖고 있으라 하고 딱 떼는 것이 아닌가. 하기야 이쁜이가 무남독녀의 귀여운 외딸이 아니었던들 사흘 후에도 바깥엔 나올 수 없었으려니와 비로소 대문을 나와 보니 그간 세상이 좀 넓어진 것 같고 마치 우리를 벗어난 짐승과 같이 몸의 가뜬함을 느꼈고, 흉측스러운 산으로 뺑뺑 둘러싼 이 산골을 벗어나 넓은 버덩*으로 나간다면 기쁘기가 이보다 좀 더하리라 생각도 해보고, 어머니의 영대로 고추밭을 매러 개울길로 내려가려니까 왼

편 수풀 속에서 도련님이 불쑥 튀어나오며 또 붙들고 산에 안 갈 테냐고 자꾸 보챈다. 읍에 가 학교를 다니다가 요즘 방학이 되어 집에 돌아온 뒤로는 공부는 할 생각 않고 날이면 날 저물도록 저만 이렇게 붙잡으러 다니는 도련님이 딱도 하거니와 한편 마님도 무섭고 또는 모처럼 용서를 받는 길로 그러고 보면 이번에는 호되이 불이 내릴 것을 알고 이쁜이는 오늘은 안 되니 낼 모래쯤 가자고 좋게 달래다가 그래도 듣지 않고 굳이 가자고 성화를 하는 데는 할 수 없이 몸을 뿌리치고 뺑손*을 놀 수밖에 딴 도리가 없었다. 구질구질히 내리던 비로 말미암아 한동안 손을 못 댄 고추밭은 풀들이 제법 성큼히 엉겼고 어디서부터 시작해야 좋을지 갈피를 모르겠는데 이쁜이는 되는 대로 한편 구석에 치마를 도사리고 앉아서, 이것도 명색은 김매는* 거겠지, 호미로 흙등만 따짝거리며 정작 정신은 어젯밤 종은 상전과 못 사는 법이라던 어머니의 말이 옳은지 그른지 그것만 일념으로 아로새기며 이리 씹고 저리도 씹어 본다. 그러나 이쁜이는 아무렇게도 나는 도련님과 꼭 살아 보겠다, 혼자 맹세하고 제가 아씨가 되면 어머니는 이를테면 마님이 되련마는 왜 그리 극성인가 싶어서 좀 야속하였고 해가 한나절이 되어 목덜미를 확확 달릴 때까지 이리저리 곰곰 생각하다가 고개를 들어 보매 밭은 여태 한 고랑도 다 끝이 못 났으니 이놈의 밭이, 하고 탓 안할 탓을

하며 저절로 하품이 나올 만큼 어지간히 기가 막혔다. 이번에는 좀 빨랑빨랑 하리라 생각하고 이쁜이는 호미를 잽싸게 놀리며 폭폭 찍고 덤볐으나 그래도 웬일인지 일은 손에 붙지를 않고 그뿐 아니라 등 뒤 개울의 덤불에서는 온갖 잡새가 귀둥대둥* 멋대로 속삭이고 먼 발치에서 풀을 뜯고 있던 황소가 메— 하고 늘어지게도 소리를 내뿜으니 이쁜이는 이걸 듣고 갑자기 몸이 나른해지지 않을 수 없고 밭가에 선 수양버들 그늘에 쓰러져 한잠 들고 싶은 생각이 곧바로 나지마는 어머니가 무서워 차마 그걸 못하고 만다. 이제는 계집애는 밭일을 안 하도록 법이 됐으면 좋겠다 생각하고 이쁜이는 울화증이 나서 호미를 메꼰지고 얼굴의 땀을 씻으며 앉았노라니까 들로 보리를 거두러 가는 길인지 석숭이가 빈 지게를 지고 꺼불꺼불 밭머리에 와 서더니 아주 썩 시퉁그러지게 입을 삐쭉거리며 이쁜이를 건너대고 하는 소리가,

"너, 데련님하구 그랬대지?"

새파랗게 갈은 비수로 가슴을 쭉 내리긋는 대도 아마 이토록은 재겹지 않으리라마는 이쁜이는 어디서 들었느냐고 따져 볼 겨를도 없이 얼굴이 그만 홍당무가 되었고, 그놈의 소위*로 생각하면 대뜸 들이덤벼 그 귀때기라도 물고 늘어질 생각이 곧 간절은 하나, 한 죄는 있고 어쩌 볼 용기가 없으매 다만 고개를 폭

수그릴 뿐이다. 그러니까 석숭이는 제가 괜 듯싶어서 이쁜이를 짜장 넘보고 제법 밭 가운데까지 들어와 떡 버티고 서서는 또 한 번 시큰둥하게 그리고 엇먹는* 소리로,

"너 데련님하구 그랬대지?"

전일 같으면 제가 이쁜이에게 지게 막대기로 볼기 맞을 생각도 않고 감히 이 따위 버르장머리는 하긴커녕 저희 아버지 장사하는 원두막에서 몰래 참외를 따 가지고 와서,

"얘 이쁜아, 너 이거 먹어라" 하다가,

"난 네가 주는 건 안 먹을 테야" 하고 몇 번 내뱉음에도 굴하지 않고 굳이 먹으라고 떠맡기므로 이쁜이가 마지못하는 체하고 받아 들고는 물론 치마폭에 흙은 싹싹 문대고 나서 깨물고 앉았노라면 아무쪼록 맘에 잘 들도록 호미를 대신 손에 잡기가 무섭게 느실난실* 김을 매주었고, 그리고 가끔 이쁜이를 웃겨 주기 위하여 그것도 재주라구 밭고랑에서 잘 봐야 곰 같은 몸뚱이로 이리 뒹굴고 저리 뒹굴고 하였다. 석숭 아버지는 이놈이 또 어데로 내뺐구나 하고 찾아다니다 여길 와 보니 매라는 제 밭은 안 매고 남 계집애 밭에 들어와서 대체 온 이게 무슨 놀음인지 이 꼴이고 보매 기도 막힐 뿐더러 터지려는 웃음을 억지로 참고 노여운 낯을 지어 가며,

"너 이놈아, 네 밭은 안 매고 남의 밭에 들어와 그게 뭐냐?"

하고 꾸중을 하였지마는 석숭이가 깜짝 놀라서 돌아다보고 그만 멀쑤룩하여 궁뎅이의 흙을 털고 일어서며,

"이쁜이 밭 좀 매주러 왔지 뭘 그래?" 하고 되레 퉁명스러이 뻗댐에는 더 책하지 않고,

"어 망할 자식두 다 많으이!" 하고 돌아서 저리로 가며 보이지 않게 피익 웃고 마는 것인데, 그러면 이쁜이는 저의 처지가 꽤 야릇하게 됨을 알고 저기까지 분명히 들리도록,

"너보고 누가 밭 매달랬어? 가, 어여 가, 가!" 하고 다 먹은 참외는 생각 않고 등을 떠다밀며 구박을 막 하던 이런 터이련만 제가 이제와 누굴 비위를 긁다니 하늘이 무너지면 졌지 이것은 도시 말이 안 된다.

돌

이쁜이는 남다른 부끄럼으로 온 전신이 확확 달아오르는 듯싶었으나 그러나 조금 뒤에는 무안을 당한 거기에 대갚음이 없어서는 아니 되리라 생각하고 앙칼스러운 역심*이 가슴을 콕 찌를 때에는 어깨뿐만 아니라 등어리 전체가 샐룩거리다가 새침히 발딱 일어나 사방을 훑어보더니 대낮이라 다들 일들을 나가고

안마을에 사람이 없음을 알고 석숭이의 소맷자락을 넌지시 끌며 그 옆 숙성히 자란 수수밭 속으로 들어간다. 밭 한복판은 아늑하고 아무 데도 보이지 않으므로 함부로 떠들어도 괜찮으려니 믿고 이쁜이는 거기다 석숭이를 세워 놓자 밭고랑에 널려진 여러 돌 틈에서 맞아 죽지 않고 단단히 아플 만한 모루돌멩이 하나를 집어들고 그 옆 정강이를 모질게 후려치며,

"이 자식, 뭘 어째구 어째?" 하고 딱딱 으르니까 석숭이는 처음에 뭐나 좀 생길까 하고 좋아서 따라왔던 걸 별안간 난데없는 모진 돌만 날아듦에는,

"아야!" 하고 소리치자 똑 선불* 맞은 노루 모양으로 한 번 뻐들껑 뛰며 눈이 그야말로 왕방울만해지지 않을 수가 없었다. 그러나 석숭이는 미움보다 앞서느니 기쁨이요, 전일에는 그 옆을 지나도 본 둥 만 둥 하고 그리 대단히 여겨 주지 않던 그 이쁜이가 일부러 이리 끌고 와 돌로 때리되 정말 아프도록 힘을 들일 만큼 이쁜이에게 있어서는 지금의 저의 존재가 그만큼 끔찍함을 그 돌에서 비로소 깨닫고 짖궂게 씽글씽글 웃으며 한 번 더 휘둥그러진, 그리고 흘게 늦은* 목소리로,

"뭘 데련님허구 그랬대는데—" 하고 놀려 주었다. 이쁜이는,

"뭐, 이 자식?" 하고 상기된 눈을 똑바로 떴으나 이번에는 돌멩이 집을 생각을 않고 아까부터 겨우 참아 왔던 울음이,

"으응!" 하고 탁 터지자 잡은 참 덤벼들어 석숭이 옷가슴에 매어달리며 쥐어뜯으니 석숭이는 이쁜이를 울려 논 것은 저의 큰 죄임을 얼른 알고 눈이 휘둥그래서,

"아니다, 아니다, 내 부러 그랬다, 아니다" 하고 입에 불이 나게, 그러나 손으로 등을 어루만지며,

"아니다"를 여러 십 번을 부른 때에야 간신히 울음을 진정해 놓았고 이쁜이가 아직 느끼는 음성으로 몇 번 당부를 하니,

"이제 남 듣는데 그러면 내 너 죽일 테야?"

"그래 이젠 안 그러마."

참으로 이런 나쁜 소리는 다시 입에 담지 않으리라 맹세하였다. 이쁜이도 그제야 마음을 놓고 흔적이 없도록 눈물을 닦으면서,

"다시 그래 봐라, 내 죽인다!"

또 한 번 다져 놓고 고추밭으로 도로 나오려 할 제 석숭이가 와락 달려들어 그 허리를 잔뜩 껴안고,

"너 그럼 우리 집에서 나한테로 시집 오라니깐 왜 싫다구 그랬니?" 하고 설혹 좀 성가시게 굴었다 치더라도 만일 이쁜이가 이 행실을 도련님이 아신다면 단박에 정을 떼시려니 하는 염려만 없었더라면 그리 대수롭지 않은 것을 그토록 오지게 혼을 냈을 리 없었겠다고 생각하면 두고두고 입때껏 후회가 날 만큼 그렇게 사내의 뺨을 후려친 것도 결국 도련님을 위하는 이쁜이의

깨끗한 정이 아니었던가…….

물

가득히 품에 찬 서러움을 눈물로 가시고 나물 바구니를 손에 잡았으니, 이쁜이는 다시 일어나 산중턱으로 거친 수풀 속을 기어내리며 도라지를 하나둘 캐기 시작한다.

참인지 아닌지 자세히는 모르나 멀리서 날아온 풍설*을 들어 보면 도련님은 서울 가 어여쁜 아씨와 다시 정분이 났다 하고 그뿐만도 오히려 좋으리마는 댁의 마님은 마님대로 늙은 총각 오래 두면 병난다 하여 상냥한 아가씨만 찾는 길이니 대체 이게 웬 셈인지 이쁜이는 골머리가 아팠고 도라지를 캔다고 꼬챙이를 땅에 꾸욱 꽂으니 그대로 짚고 선 채 해만 점점 부질없이 저물어 간다. 맥을 잃고 다시 내려오다 이쁜이는 앞에 우뚝 솟은 바위를 품에 얼싸안고 그 아래를 굽어보니 험악한 석벽 틈에 맑은 물은 웅숭깊이* 층층 고였고 설핏한* 하늘의 붉은 노을 한 쪽을 똑 떼들고 푸른 잎새로 전을 둘렀거늘, 그 모양이 보기에 퍽도 아름답다. 그걸 거울 삼고 이쁜이는 저 밑에 까맣게 비치는 저의 외양을 또 한 번 고쳐 뜯어 보니 한때는 도련님이 조르다

몸살도 나셨으려니와 의복은 비록 추레할망정 저의 눈에도 밉지 않게 생겼고 남 가진 이목구비에 반반도 하련마는 뭐가 부족한지 달리 눈이 맞은 도련님의 심정이 알 수 없고 어느덧 원망스러운 눈물이 눈에서 떨어지니 잔잔한 물면에 물둘레를 치기도 전에 무슨 밥이나 된다고 커단 꺽지*는 휘엉휘엉 올라와 꼴딱 받아먹고 들어간다. 이쁜이는 얼빠진 등신같이 맑은 이 물을 가만히 들여다보노라니 불시로 제 몸을 풍덩 던져 깨끗이 빠져도 죽고 싶고, 아니 이왕 죽을진댄 정든 님 품에 안겨 같이 풍, 빠져 세상사를 다 잊고 알뜰히 죽고 싶고, 그렇다면 도련님이 이 등에 넙쭉 엎디어 뺨에 뺨을 비벼대고, 그리고 이 물을 같이 굽어보며,

"얘, 울지 마라. 내가 가면 설마 아주 가겠니?" 하고 세우* 달랠 제 꼭 붙들고 풍덩실 하고 왜 빠지지 못했던가, 시방은 한가도 컸건마는 그 이쁜이는 그리도 삶에 주렸던지,

"정말 올 여름엔 꼭 오우?" 하고 아까부터 몇 번 묻던 걸 또 한 번 다져 보았거늘 도련님은 시원스러이 선뜻,

"그럼 오구말구, 널 두고 안 오겠니?" 하고 대답하고 손에 꺾어 들었던 노란 동백꽃을 물 위로 홱 내던지며,

"너 참, 이 물이 무슨 물인지 알면 용치."

눈을 끔벅끔벅하더니 이야기하여 가로되 옛날에 이 산 속에

한 장사가 있었고 나라에서는 그를 잡고자 사방 팔면에 군사를 놓았다. 그렇지마는 장사에게는 비호같이 날랜 날개가 돋친 법이니 공중을 훌훌 날으는 그를 잡을 길 없고 머리만 앓던 중 하루는 그예 이 물에서 목욕을 하고 있는 것을 사로잡았다는 것이로되 왜 그러냐 하면 하느님이 잡수시는 깨끗한 이 물을 몸으로 흐렸으니 누구라고 천벌을 아니 입을 리 없고 몸에 물이 닿자 돋쳤던 날개가 흐지부지 녹아 버린 까닭이라고 말하고 도련님은 손짓으로 장사의 처참한 최후를 시늉하며 가장 두려운 듯이 눈을 커다랗게 끔적끔적 하더니 뒤를 이어 그 말이,

"아, 무서! 얘, 울지 마라. 저 물에 눈물이 떨어지면 너 큰일난다."

그러나 이쁜이는 그까짓 소리는 듣는 둥 마는 둥 그리 신통치 못하였고, 며칠 후 서울로 떠나면 아주 놓일 듯만 싶어서 도련님의 얼굴을 이윽히 쳐다보고 그럼 다짐을 두고 가라 하다가 도련님이 조금도 서슴없이 입고 있던 자기의 저고리 고름 한 짝을 뚝 떼어 이쁜이 허리춤에 꾹 꽂아 주며,

"너 이래두 못 믿겠니?" 하니 황송도 하거니와 설마 이걸 두고야 잊으시진 않겠지 하고 속이 든든하지 않은 것도 아니었다.

대장부의 노릇이매 이렇게 하고 변심은 없을 게나 그래두 잘 따져 보니 이 고름이 말하는 것도 아니어든 차라리 따라 나서느

니만 같지 못하다고 문득 마음을 고쳐 먹고 고개로 쫓아간 건 좋으련마는 왜 그랬던고, 좀더 매달려 진대*를 안 붙고 거기 주저앉고 말았으니 이제 와서는 한가만 새롭고 몸에 고이 간직하였던 옷고름을 이 손에 꺼내 들고 눈물을 흘려 보되 별수없나니 보람 없이 격지*만 늘어 간다. 허나 이거나마 아주 없었던들 그야 살 맛조차 송두리 잃었으리라마는 요즘 매일과 같이, 이 험한 깊은 산 속에 올라와 옛 기억을 홀로 더듬어 보며 이쁜이는 해가 저물도록 이렇게 울고 섰곤 하는 것이다.

길

모든 새들은 어제와 같이 노래를 부르고 날도 맑으련만 오늘은 웬일인지 이쁜이는 아직도 올라오질 않는다.

석숭이는 아버지가 읍의 장에 가서 세 마리 닭을 팔아 그걸로 소금을 사 오라 하여 아침 일찍이 나온 것도 잊고 이 산에 올라와 다리를 묶은 닭들은 한편에 내던지고 늙은 잣나무 그늘에 누워 눈이 빠지도록 기다렸으나 이쁜이가 좀체 나오지 않으매 웬일일까 고게 또 노하지나 않았나 하고 일쩌움시* 이렇게 애를 태운다. 올 가을이 얼른 되어 새 곡식을 거두면 이쁜이에게로

 장가를 들게 되었으니 기쁨인들 이 위에 더할 데 있으랴마는 이번도 또 이쁜이가 밥도 안 먹고 죽는다고 야단을 친다면 헛일이 아닐까 하는 염려도 없지 않았거늘 그렇게 쌀쌀하고 매일매일 하던 이쁜이의 태도가 요즘에 들어와서는 갑자기 다소곳하고 눈 한번 흘길 줄도 모르니 이건 참으로 춤을 추어도 다 못 출 것이다. 뿐만 아니라 이슬비가 내리던 날 마님댁 울 뒤에서 이쁜이는 옥수수를 따고 섰고 제가 그 옆을 지날 제 은근히 손짓을 하므로 가까이 다가서니 귀에다 나직이 속삭이는 소리가,
 "너 편지 하나 써 줄련?"
 "그래 그래 써 주마, 내 잘 쓴다."
 석숭이는 너무 반가워서 허둥거리며 묻지 않는 소리까지 하다가 또 그 말에 내 너 하라는 대로 다 할게니 도련님에게 편지를 쓰되 이쁜이는 여태 기다립니다, 하고 그리고 이런 소리는 아예 입 밖에 내지 말라 하므로 그런 편지면 일 년 내내 두고 썼으면 좋겠다, 속으로 생각하고 채 틀 못 박힌 연필 글씨로 다섯 줄을 그리기에 꼬박 이틀 밤을 새우고 나서 약속대로 산으로 이쁜이를 만나러 올라올 때에는 어쩐지 가슴이 두근두근하는 것이 바로 아내를 만나러 오는 남편의 그 기쁨이 또렷이 나타나는 것이다. 이쁜이가 얼른 올라와야 뭐가 젤 좋으냐 물어 보고 이 닭들을 팔아 선물을 사다 주련만 오진 않고 석숭이는 암만 생각해야

영문을 모르겠으니 아마 요전번,

"이 편지 써 왔으니깐 너 나하구 꼭 살아야 한다" 하고 크게 얼른 것이 좀 잘못이라 하더라도 이쁜이가 고개를 푹 숙이고 있다가,

"그래" 하고 눈에 눈물을 보이며,

"그 편지 읽어 봐" 하고 부드럽게 말한 걸 보면 그리 노한 것은 아니니 석숭이는 기뻐서 그 앞에 떡 버티고 제가 썼으나 제가 못 읽는 그 편지를 떠듬떠듬, 데련님 전 상사리, 가신 지가 오래 됐는디 왜 안 오구, 일 년 반이 됐는디 왜 안 오구 하니깐 이쁜이는 밤마다 눈물로 새오며, 이쁜이는 그럼 죽을 테니까 날을 듯이 얼찐 와서—이렇게 땀을 내며 읽었으나 이쁜이는 다 읽은 뒤 그걸 받아서 피봉에 도로 넣고, 그리고 나물 바구니 속에 감추고는 그대로 덤덤히 산을 내려온다. 산기슭으로 내리니 앞에 큰 내가 놓여 있고 골고루도 널려 박힌 험상궂은 웅퉁바위 틈으로 물은 우람스레 부딪치며 콸콸 흘러내리매 정신이 아찔하여 이쁜이는 조심스레 바위를 골라 디디며 이쪽으로 건너왔으며, 아무리 생각해도 같이 멀리 도망가자던 도련님이 저 서울로 혼자만 삐쭉 달아난 것은 그 속이 알 수 없고 사나이 맘이 설사 변한다 하더라도 잣나무 밑에서 그다지 눈물까지 머금고 조르시던 그 도련님이 이제 와 싹도 없이 변하신다니 이야 신의

조화가 아니면 안 될 것이다. 이쁜이는 산처럼 잎이 퍼드러진 회양나무 밑에 와 발을 멈추며 한 손으로 바구니의 편지를 꺼내어 행주치마 속에 감추어 들고 석숭이가 쓴 편지도 잘 찾아갈는지 미심도 하거니와 또한 도련님 앞으로 잘 간다 하면 이걸 보고 도련님이 끔뻑하여 뛰어올 건지 아닌지 그것조차 장담 못 할 일이건마는 아니, 오신다 이 옷고름을 두고 가시던 도련님이거늘 설마 이 편지에도 안 오실 리 없으리라고 혼자 서서 우기며 해가 기우는 먼 고개치를 바라보며 체부 오기를 기다린다. 체부가 잘 와야 사흘에 한 번밖에는 더 들르지 않는 줄을 저라고 모를 리 없고, 그리고 어제 다녀갔으니 모레나 오는 줄은 번연히 알련마는 그래도 이쁜이는 산길에 속는 사람같이, 저 산비탈로 꼬불꼬불 돌아나간 기나긴 산길에서 금시 체부가 보일 듯 보일 듯 싶었는지, 해가 아주 넘어가고 날이 어둡도록, 지루하게도 이렇게 속달게* 체부가 오기를 기다린다.

그러나
오늘은 웬일인지
어제와 같이 날도 맑고 산의 새들은 노래를 부르건만
이쁜이는 아직도 나올 줄을 모른다.

동백꽃

　　"요 다음부터 또 그래 봐라, 내 자꾸 못 살게 굴 테니." "그래그래. 인젠 안 그럴 테야!" "닭 죽은 건 염려 마라, 내 안 이를 테니." 그리고 뭣에 떠다밀렸는지 나의 어깨를 짚은 채 그대로 퍽 쓰러진다. 그 바람에 나의 몸뚱이도 겹쳐서 쓰러지며 한창 피어 퍼드러진 노란 동백꽃 속으로 폭 파묻혀 버렸다. 알싸한, 그리고 향긋한 그 냄새에 나는 땅이 꺼지는 듯이 온 정신이 그만 아찔하였다.

동백꽃

 오늘도 또 우리 수탉이 막 쫓기었다. 내가 점심을 먹고 나무를 하러 갈 양으로 나올 때였다. 산으로 올라서려니까 등 뒤에서 푸드득 푸드득 하고 닭의 횃소리가 야단이다. 깜짝 놀라서 고개를 돌려 보니 아니나 다르랴 두 놈이 또 얼리었다.*
 점순네 수탉(은 대강이*가 크고 똑 오소리같이 실팍하게* 생긴 놈)이 덩저리* 작은 우리 수탉을 함부로 해내는* 것이다. 그것도 그냥 해내는 것이 아니라 푸드득 하고 면두*를 쪼고 물러섰다가 좀 사이를 두고 또 푸드득 하고 모가지를 쪼았다. 이렇게 멋을 부려 가며 여지 없이 닦아 놓는다. 그러면 이 못생긴 것은 쪼일 적마다 주둥이로 땅을 받으며 그 비명이 킥, 킥, 할 뿐이다. 물론 미처 아물지도 않은 면두를 또 쪼이어 붉은 선혈은 뚝뚝 떨어진다.
 이걸 가만히 내려다보자니 내 대강이가 터져서 피가 흐르는 것같이 두 눈에서 불이 번쩍 난다. 대뜸 지게 막대기를 메고 달려들어 점순네 닭을 후려칠까 하다가 생각을 고쳐 먹고 헛매질*로 떼어만 놓았다.
 이번에도 점순이가 쌈을 붙여 놨을 것이다. 바짝바짝 내 기를 올리느라고 그랬음에 틀림없을 것이다. 고놈의 계집애가 요새로 들어서서 왜 나를 못 먹겠다고 그렇게 아르릉거리는지 모른다.

　나흘 전 감자 쪼간*만 하더라도 나는 저에게 조금도 잘못한 것은 없다. 계집애가 나물을 캐러 가면 갔지 남 울타리 엮는 데 쌩이질*을 하는 것은 다 뭐냐. 그것도 발소리를 죽여 가지고 등 뒤로 살며시 와서,
　"애! 너 혼자만 일하니?"
하고 긴치 않은* 수작을 하는 것이다.
　어제까지도 저와 나는 이야기도 잘 않고 서로 만나도 본척만척하고 이렇게 점잖게 지내던 터이련만 오늘로 갑작스레 대견해졌음은 웬일인가. 항차* 망아지만한 계집애가 남 일하는 놈 보구…….
　"그럼 혼자 하지 떼루 하디?"
　내가 이렇게 내뱉는 소리를 하니까,
　"너 일하기 좋니?"
　또는,
　"한여름이나 되거든 하지 벌써 울타리를 하니?"
　잔소리를 두루 늘어놓다가 남이 들을까 봐 손으로 입을 틀어막고 그 속에서 깔깔댄다. 별로 우스울 것도 없는데 날씨가 풀리더니 이놈의 계집애가 미쳤나 하고 의심하였다. 게다가 조금 뒤에는 제 집께를 할금할금 돌아다보더니 행주치마의 속으로 꼈던 바른손을 뽑아서 나의 턱 밑으로 불쑥 내미는 것이다.

언제 구웠는지 아직도 더운 김이 홱 끼치는 굵은 감자 세 개가 손에 뿌듯이 쥐였다.

"느 집엔 이거 없지?"

하고 생색 있는 큰소리를 하고는 제가 준 것을 남이 알면은 큰 일날 테니 여기서 얼른 먹어 버리란다. 그리고 또 하는 소리가,

"너, 봄감자가 맛있단다."

"난 감자 안 먹는다. 너나 먹어라."

나는 고개도 돌리려 하지 않고 일하던 손으로 그 감자를 도로 어깨 너머로 쑥 밀어 버렸다.

그랬더니 그래도 가는 기색이 없고, 뿐만 아니라 쌔근쌔근 하고 심상치 않게 숨소리가 점점 거칠어진다. 이건 또 뭐야 싶어서 그때에야 비로소 돌아다보니, 나는 참으로 놀랐다. 우리가 이 동리에 들어온 것은 근 삼 년째 되어 오지만, 여지껏 가무잡잡한 점순이의 얼굴이 이렇게까지 홍당무처럼 새빨개진 법이 없었다. 게다가 눈에 독을 올리고 한참 나를 요렇게 쏘아보더니 나중에는 눈물까지 어리는 것이 아니냐. 그리고 바구니를 다시 집어들더니 이를 꼭 악물고는, 엎어질 듯 자빠질 듯 논둑으로 횡허케 달아나는 것이다.

어쩌다 동리 어른이,

"너 얼른 시집을 가야지?"

하고 웃으면,

"염려 마셔유. 갈 때 되면 어련히 갈라구!"

이렇게 천연덕스레 받는 점순이었다. 본시 부끄럼을 타는 계집애도 아니거니와 또한 분하다고 눈에 눈물을 보일 얼병이*도 아니다. 분하면 차라리 나의 등어리를 바구니로 한 번 모질게 후려 쌔리고 달아날지언정.

그런데 고약한 그 꼴을 하고 가더니 그 뒤로는 나를 보면 잡아먹으려고 기를 복복 쓰는 것이다.

설혹 주는 감자를 안 받아 먹은 것이 실례라 하면, 주면 그냥 주었지 '느 집엔 이거 없지?'는 다 뭐냐. 그렇잖아도 저희는 마름이고, 우리는 그 손에서 배재*를 얻어 땅을 부치므로 일상 굽실거린다. 우리가 이 마을에 처음 들어와 집이 없어서 곤란으로 지낼 제, 집터를 빌리고 그 위에 집을 또 짓도록 마련해 준 것도 점순네의 호의였다. 그리고 우리 어머니, 아버지도 농사 때 양식이 달리면* 점순네한테 가서 부지런히 꾸어다 먹으면서 인품 그런 집은 다시 없으리라고 침이 마르도록 칭찬하곤 하는 것이다. 그러면서도 열일곱씩이나 된 것들이 수군수군하고 붙어 다니면 동네의 소문이 사납다고 주의를 시켜 준 것도 또 어머니였다. 왜냐하면 내가 점순이하고 일을 저질렀다가는 점순네가 노할 것이고, 그러면 우리는 땅도 떨어지고 집도 내쫓기고 하지

동백꽃 105

않으면 안 되는 까닭이었다.

그런데 이놈의 계집애가 까닭 없이 기를 복복 쓰며 나를 말려 죽이려고 드는 것이다.

눈물을 흘리고 간 다음날 저녁 나절이었다. 나무를 한 짐 잔뜩 지고 산을 내려오려니까, 어디서 닭이 죽는 소리를 친다. 이거 뉘 집에서 닭을 잡나, 하고 점순네 울 뒤로 돌아오다가, 나는 그만 두 눈이 똥그래졌다. 점순이가 제 집 봉당*에 홀로 걸터앉았는데, 아, 이게 치마 앞에다 우리 씨암탉을 꼭 붙들어 놓고는,

"이놈의 닭! 죽어라, 죽어라!"

요렇게 암팡스레 패 주는 것이 아닌가. 그것도 대가리나 치면 모른다마는 아주 알도 못 낳으라고 그 볼기짝께를 주먹으로 콕콕 쥐어박는 것이다.

나는 눈에 쌍심지가 오르고 사지가 부르르 떨렸으나, 사방을 한 번 휘 돌아보고야 그제서 점순이 집에 아무도 없음을 알았다. 잡은 참 지게 막대기를 들어 울타리의 중턱을 후려치며,

"이놈의 계집애! 남의 닭 알 못 낳으라구 그러니?"

하고 소리를 빽 질렀다.

그러나 점순이는 조금도 놀라는 기색이 없고 그대로 의젓이 앉아서 제 닭 가지고 하듯이 또 죽어라, 죽어라, 하고 패는 것이다. 이걸 보면 내가 산에서 내려올 때를 겨냥해 가지고 미리부

터 닭을 잡아 가지고 있다가 네 보라는 듯이 내 앞에 쥐지르고 있음이 확실하다.

 그러나 나는 그렇다고 남의 집에 뛰어들어가 계집애하고 싸울 수도 없는 노릇이고 형편이 썩 불리함을 알았다. 그래 닭이 맞을 적마다 지게 막대기로 울타리를 후려칠 수밖에 별 도리가 없다. 왜냐하면 울타리를 치면 칠수록 울섶*이 물러앉으며 뼈대만 남기 때문이다. 허나 아무리 생각해도 나만 밑지는 노릇이다.

 "아, 이년아! 남의 닭 아주 죽일 터이냐?"

 내가 도끼눈을 뜨고 다시 꽥 호령을 하니까 그제서야 울타리께로 쪼르르 오더니, 울 밖에 섰는 나의 머리를 겨누고 닭을 내팽개친다.

 "예이, 더럽다! 더럽다!"

 "더러운 걸 널더러 입때 끼고 있으랬니? 망할 계집애년 같으니!"

하고 나도 더럽단 듯이 울타리께를 횅허케 돌아내리며 약이 오를 대로 다 올랐다, 라고 하는 것은 암탉이 풍기는 서슬*에 나의 이마빼기에다 물찌똥을 찍 갈겼는데, 그걸 본다면 알집만 터졌을 뿐 아니라 골병은 단단히 든 듯싶다. 그리고 나의 등 뒤를 향하여 나에게만 들릴 듯 말 듯한 음성으로,

 "이 바보 녀석아!"

"얘! 너 배냇병신*이지?"

그만도 좋으련만,

"얘! 너, 늬 아버지가 고자라지?"

"뭐? 울 아버지가 그래 고자야?"

할 양으로 열벙거지가 나서 고개를 홱 돌려 바라봤더니 그때까지 울타리 위로 나와 있어야 할 점순이의 대가리가 어디 갔는지 보이지를 않는다. 그러다 돌아서서 오자면 아까에 한 욕을 울타리 밖으로 또 퍼붓는 것이다. 욕을 이토록 먹어 가면서도 대거리* 한마디 못하는 걸 생각하니 돌부리에 채어 발톱 밑이 터지는 것도 모를 만큼 분하고, 급기야는 두 눈에 눈물까지 불끈 내솟는다.

그러나 점순이의 침해*는 이것뿐이 아니다.

사람들이 없으면 틈틈이 제 집 수탉을 몰고 와서 우리 수탉과 싸움을 붙여 놓는다. 제 집 수탉은 썩 험상궂게 생기고 싸움이라면 홰를 치는 고로 으레 이길 것을 알기 때문이다. 그래서 툭 하면 우리 수탉이 면두며 눈깔이 피로 흐드르하게 되도록 해놓는다. 어떤 때에는 우리 수탉이 나오지를 않으니까 요놈의 계집애가 모이를 쥐고 와서 꾀어내다가 싸움을 붙인다.

이렇게 되면 나도 다른 배차*를 차리지 않을 수 없다. 하루는 우리 수탉을 붙들어 가지고 넌지시 장독께로 갔다. 쌈닭에게 고

추장을 먹이면 병든 황소가 살모사를 먹고 용을 쓰는 것처럼 기운이 뻗친다 한다. 장독에서 고추장 한 접시를 떠서 닭 주둥아리께로 들이밀고 먹여 보았다. 닭도 고추장에 맛을 들였는지 거스르지 않고 거진 반 접시 턱*이나 곧잘 먹는다. 그리고 먹고 금시는 용을 못 쓸 터이므로 얼마쯤 기운이 돌도록 홰 속에다 가두어 두었다.

밭에 두엄을 두어 짐 져내고 나서 쉴 참에 그 닭을 안고 밖으로 나왔다. 마침 밖에는 아무도 없고 점순이만 저희 울 안에서 헌옷을 뜯는지, 혹은 솜을 터는지 웅크리고 앉아서 일을 할 뿐이다.

나는 점순네 수탉이 노는 밭으로 가서 닭을 내려놓고 가만히 맥을 보았다. 두 닭은 여전히 얼리어 싸움을 하는데 처음에는 아무 보람이 없다. 멋지게 쪼는 바람에 우리 닭은 또 피를 흘리고. 그러면서도 날갯죽지만 푸드득 푸드득 하고 올라 뛰고 뛰고 할 뿐으로 제법 한 번 쪼아 보지도 못한다.

그러나 한 번은 어쩐 일인지 용을 쓰고 펄쩍 뛰더니 발톱으로 눈을 하비고* 내려오며 면두를 쪼았다. 큰 닭도 여기에는 놀랐는지 뒤로 멈씰하며 물러난다. 이 기회를 타서 작은 우리 수탉이 또 날쌔게 덤벼들어 다시 면두를 쪼니 그제서는 감때사나운 그 대강이에서도 피가 흐르지 않을 수 없다.

옳다, 알았다, 고추장만 먹이면은 되는구나, 하고 나는 속으로 아주 쟁그러워* 죽겠다. 그때에는 뜻밖에 내가 닭쌈을 붙여 놓는데 놀라서 울 밖으로 내다보고 섰던 점순이도 입맛이 쓴지 눈살을 찌푸렸다.

나는 두 손으로 볼기짝을 두드리며 연방,

"잘한다! 잘한다!"

하고, 신이 머리끝까지 뻗치었다.

그러나 얼마 되지 않아서 나는 넋이 풀리어 기둥같이 묵묵히 서 있게 되었다. 왜냐하면 큰 닭이 한 번 쪼인 앙갚음으로 호들갑스레 연거푸 쪼는 서슬에 우리 수탉은 찔끔 못 하고 막 곯는다. 이걸 보고서 이번에는 점순이가 깔깔거리고 되도록 이쪽에서 많이 들으라고 웃는 것이다.

나는 보다못해 덤벼들어서 우리 수탉을 붙들어 가지고 도로 집으로 들어왔다. 고추장을 좀더 먹였더라면 좋았을걸. 너무 급하게 싸움을 붙인 것이 퍽 후회가 된다. 장독께로 돌아와서 다시 턱 밑에 고추장을 들이댔다. 흥분으로 말미암아 그런지 당최 먹질 않는다.

나는 하릴없이* 닭을 반듯이 눕히고 그 입에다 궐련 물부리*를 물렸다. 그리고 고추장 물을 타서 그 구멍으로 조금씩 들이부었다. 닭은 좀 괴로운지 킥킥 하고 재채기를 하는 모양이나,

 그러나 당장의 괴로움은 매일같이 피를 흘리는 데 댈 게 아니라 생각하였다.

 그러나 한 두어 종지 가량 고추장물을 먹이고 나서는 나는 그만 풀이 죽었다. 싱싱하던 닭이 왜 그런지 고개를 살며시 뒤틀고는 손아귀에서 뻐드러지는 것이 아닌가. 아버지가 볼까 봐서 얼른 홰에다 감추어 두었더니, 오늘 아침에서야 겨우 정신이 든 모양 같다.

 그랬던 걸 이렇게 오다 보니까 또 싸움을 붙여 놨으니, 이 망할 계집애가 필연 우리 집에 아무도 없는 틈을 타서 제가 들어와 홰에서 꺼내 가지고 나간 것이 분명하다.

 나는 다시 닭을 잡아다 가두고 염려는 스러우나 그렇다고 산으로 나무를 하러 가지 않을 수도 없는 형편이었다.

 소나무 삭정이*를 따며 가만히 생각해 보니 암만해도 고년의 목정강이*를 돌려놓고 싶다. 이번에 내려가면 망할 년 등줄기를 한 번 되게 후려 치겠다 하고 싱둥겅둥 나무를 지고는 부리나케 내려왔다.

 거지반 집에 다 내려와서 나는 호드기* 소리를 듣고 발이 딱 멈추었다. 산기슭에 널려 있는 굵은 바윗돌 틈에 노란 동백꽃이 소보록하니 깔리었다. 그 틈에 끼어 앉아서 점순이가 청승맞게 시리 호드기를 불고 있는 것이다. 그보다도 더 놀란 것은 그 앞

에서 또 푸드득 푸드득 하고 들리는 닭의 횃소리다. 필연코 요년이 나의 약을 올리느라고 또 닭을 집어내다가 내가 내려올 길목에다 싸움을 시켜 놓고, 저는 그 앞에 앉아서 천연스레 호드기를 불고 있음에 틀림없으리라.

나는 약이 오를 대로 올라서 두 눈에서 불과 함께 눈물이 퍽 쏟아졌다. 나뭇지게도 벗어 놓을 새 없이 그대로 내동댕이치고는 지게 막대기를 뻗치고 허둥허둥 달려들었다.

가까이 와보니 과연 나의 짐작대로 우리 수탉이 피를 흘리고 거의 빈사* 지경에 이르렀다. 닭도 닭이려니와 그러함에도 불구하고 눈 하나 깜짝 없이 고대로 앉아서 호드기만 부는 그 꼴에 더욱 치가 떨린다. 동리에서도 소문이 났거니와 나도 한때는 걱실걱실히* 일 잘하고 얼굴 예쁜 계집애인 줄 알았더니 시방 보니까 그 눈깔이 꼭 여우 새끼 같다.

나는 대뜸 달려들어서 나도 모르는 사이에 큰 수탉을 단매*로 때려 엎었다. 닭은 푹 엎어진 채 다리 하나 꼼짝 못 하고 그대로 죽어 버렸다. 그리고 나는 멍하니 섰다가 점순이가 매섭게 눈을 홉뜨고 닥치는 바람에 뒤로 벌렁 나자빠졌다.

"이놈아! 너 왜 남의 닭을 때려 죽이니?"

"그럼 어때?"

하고 일어나다가,

"뭐, 이 자식아! 뉘 집 닭인데?"

하고 복장*을 떼미는 바람에 다시 벌렁 자빠졌다. 그리고 나서 가만히 생각을 하니 분하기도 하고 무안도 스럽고, 또 한편 일을 저질렀으니, 인젠 땅이 떨어지고 집도 내쫓기고 해야 될는지 모른다.

나는 비슬비슬 일어나며 소맷자락으로 눈을 가리고는 얼김에 엉, 하고 울음을 놓았다. 그러다 점순이가 앞으로 다가와서,

"그럼 너 이 다음부턴 안 그럴 테냐?"

하고 물을 때에야 비로소 살 길을 찾은 듯싶었다. 나는 눈물을 우선 씻고 뭘 안 그러는지 명색도 모르건만,

"그래!"

하고 무턱대고 대답하였다.

"요 다음부터 또 그래 봐라, 내 자꾸 못 살게 굴 테니."

"그래그래. 인젠 안 그럴 테야!"

"닭 죽은 건 염려 마라, 내 안 이를 테니."

그리고 뭣에 떠다밀렸는지 나의 어깨를 짚은 채 그대로 퍽 쓰러진다. 그 바람에 나의 몸뚱이도 겹쳐서 쓰러지며 한창 피어 퍼드러진 노란 동백꽃 속으로 폭 파묻혀 버렸다.

알싸한, 그리고 향긋한 그 냄새에 나는 땅이 꺼지는 듯이 온 정신이 그만 아찔하였다.

"너, 말 마라!"
"그래!"
조금 있더니 요 아래서,
"점순아! 점순아! 이년이 바느질을 하다 말구 어딜 갔어?"
하고 어딜 갔다 온 듯싶은 그 어머니가 역정*이 대단히 났다.
 점순이가 겁을 잔뜩 집어 먹고 꽃 밑을 살금살금 기어서 산 아래로 내려간 다음, 나는 바위를 끼고 엉금엉금 기어서 산 위로 치빼지 않을 수 없었다.

노다지

꽁보는 땀을 철철 흘리며 좁다란 그 틈에서 감 하나를 손에 따들었다. 헐없이 작은 목침 같은 그런 돌팍을. 엎드린 그대로 불빛에 비쳐 가만이 뒤져 보았다. 번들번들한 놈이 그 광채가 매우 혼란스럽다. 혹시 연철이나 아닐까. 그는 돌 위에 눕혀 놓고 망치로 두드려 깨 보았다. 좀체 해서는 쪽이 잘 안 나갈 만큼 쭌둑쭌둑한 금돌! 그는 다시 집어들고 눈앞으로 바싹 가져오며 실눈을 떴다. 얼마를 뚫어지게 노려보았다. 무작정으로 가슴은 뚝딱거리고 마냥 들렌다. 이 돌에 박힌 금만으로도, 모름 몰라도 하치 열 냥중은 넘겠지. 천 원! 천 원!

노다지*

그믐 칠야* 캄캄한 밤이었다.

하늘에 별은 깨알같이 총총 박혔다. 그 덕으로 솔숲 속은 간신히 희미하였다. 험한 산중에도 우중충하고 구석배기 외딴 곳이다. 버석만 하여도 가슴이 덜렁한다.

호랑이, 산골 호 생원!

만귀는 잠잠하다.* 가을은 이미 늦었다고 냉기는 모질다. 이슬을 품은 가랑잎은 바스락바스락 날아들며 얼굴을 축인다.

꽁보는 바랑*을 모로 베고 풀 위에 꼬부리고 누웠다가 잠깐 깜빡하였다. 다시 눈이 뜨였을 적에는 몸서리가 몹시 나온다.

형은 맞은편에 그저 웅크리고 앉았는 모양이다.

"성님, 이제 시작해 볼라우?"

"아직 멀었네, 좀 칩드라도 참참이 해야지······."

어둠 속에서 그 음성만 우렁차게, 그러나 가만히 들릴 뿐이다. 연모를 고치는지 마치 쇠 부딪는 소리와 아울러 부스럭거린다. 꽁보는 다시 옹송그리고* 새우잠으로 눈을 감았다. 야기*에 옷은 젖어 후줄근하다. 아랫도리가 척 나간 듯이 감촉을 잃고 대구 쑤실 따름이다. 그대로 버뜩 일어나 하품을 하고는 으드들 떨었다.

어디서인지 자박자박 사라지는 발자국 소리가 들린다. 꽁보는 정신이 번쩍 나서 눈을 둥글린다.

"누가 오는 게 아뉴?"

"바람이겠지, 즈들이 설마 알라구!"

신청부 같은* 그 대답에 저으기 맘이 놓인다. 곁에 형만 있으면이야 몇 놈쯤 오기로서니 그리 쪼일 게 없다. 적삼의 깃을 여미며 휘 돌아보았다.

감때사나운 큰 바위가 반득이는 하늘을 찌를 듯이, 삐 치솟았다. 그 양 어깨로 자즈레한* 바위는 뭉글뭉글한* 놈이 검은 구름 같다. 그러면 이번에는 꿈인지 호랑인지 영문모를 그런 험상궂은 대가리가 공중에 불끈 나타나 두리번거린다. 사방은 모두 이 따위 산에 돌렸다. 바람은 뻔질 내려 구르며 습기와 함께 낙엽을 풍긴다. 을씨년스레 샘물은 노량 쫄랑쫄랑. 금시라도 시커먼 산중턱에서 호랑이 불이 보일 듯싶다. 꼼짝 못할 함정에 들은 듯이 소름이 쭉 돈다.

꽁보는 너무 서먹서먹하고 허전하여 어깨를 으쓱 올린다. 몹쓸 놈의 산골도 다 많어이. 산골마다 모조리 요지경이람. 이러고 보니 몹시 무서운 기억이 눈앞으로 번쩍 지난다.

바로 작년 이맘때이다. 그날도 오늘과 같이 밤을 도와 잠채*를 하러 갔던 것이다. 회양 근방에도 가장 험하다는 마치 이렇게 휘하고 낯설은 산골을 기어올랐다. 꽁보에 더펄이, 그리고 또 다른 동무 셋과. 초저녁부터 내리는 부슬비가 웬일인지 그칠 줄을 모른다. 붕, 하고 난데없이 이는 바람에 안기어 비는 낙엽

과 함께 몸에 부딪고 또 부딪고 하였다. 모두들 입 벌릴 기력조차 잃고 대구 부들부들 떨었다. 방금 넘어올 듯이 덩치 커다란 바위는 머리를 불쑥 내대고 길을 막고 막고 한다. 그놈을 끼고 캄캄한 절벽을 돌고 나니 땀이 등줄기로 쪽 내려흘렀다. 게다 언제 호랑이가 내닫는지 알 수 없으매 가슴은 펄쩍 두근거린다.

그러나 하기는, 이제 말이지 용케도 해먹긴 하였다. 아무렇든지 다섯 놈이 서른 길이나 넘는 암굴에 들어가서 한 시간도 채 못 되자 감(광석)을 두 포대나 실히 따올렸다. 마는 문제는 논으맥이*에 있었다. 어떻게 이놈을 나누면 서로 억울치 않을까. 꽁보는 금점*에 남다른 이력이 있느니만치 선뜻 맡았다. 부피를 대중*하여 다섯 목에다 차례대로 메지메지* 골고루 나눴던 것이다. 헌데, 이런 우스꽝스러운 놈이 또 있을까ㅡ.

"이게 이를테면 나눈 건가!"

어두운 구석에서 어떤 놈이 이렇게 쥐어박는 소리를 하는 것이다. 제딴은 욱기*를 보이느라고 가래침을 뱉는다.

"그럼?"

꽁보는 하도 어이가 없어서 그쪽을 뻔히 바라보았다. 이건 우리가 늘 하는 식인데 이제와서 새삼스럽게 계정*을 부릴 것이 아니다.

"아니, 요게 내 거야?"

"그럼, 누군 감벼락을 맞았단 말인가?"
"아니, 이 구덩이를 먼저 낸 것이 누군데 그래?"
"누구고 새고 알게 뭐 있나, 금 있으니 땄고, 땄으니 나눴지!"
"알게 없다? 내가 없어도 니가 왔니? 이 새끼야?"
"이런 쑥맥 보래, 꿀돼지 제 욕심 채우기로 너만 먹자는 거야?"

바로 이 말에 자식이 욱 하고 들이덤볐다. 무지한 두 손으로 꽁보의 멱살을 잔뜩 움켜쥐고 흔들고 지랄을 한다. 꽁보가 체수가 작고 처들고 좀팽이*라 한창 얕본 모양이다.

비를 맞아 가며 숨이 콕 막히도록 시달리니 꽁보도 화가 안 날 수 없다. 저도 모르게 어느덧 감석을 손에 잡자 놈의 골통을 퍼트렸다. 하니까 이놈이 꼭 황소같이 씩, 하더니 꽁보를 피언한 돌 위에다 집어 때렸다. 그리고 깔고 앉더니 대뜸 벽채*를 들어 곁 갈빗대를 헉, 하도록 아주 몹시 조겼다. 죽질 않기만 다행이지만 지금도 이게 가끔 도져 몸을 못 쓰는 것이다. 다음에는 왼편 어깨를 된통 맞았다. 정신이 다 아찔하였다. 험하고 깊은 산 속이라 그대로 죽여 버릴 작정이 분명하다. 세 번째는 또다시 가슴을 겨누고 내려올 제 인제는 꼬박 죽었구나, 하였다. 참으로 지긋지긋하고 아슬아슬한 순간이었다. 그때 천행*이랄까, 대문짝처럼 크고 억센 더펄이가 비호같이 날아들었다. 잡은 참 그

놈의 허리를 뒤로 두 손에 꿰어 들더니 산비탈로 내던져 버렸다. 그놈은 그때 살았는지 죽었는지 이내 모른다. 꽁보는 곧바로 감석과 한꺼번에 더펄이 등에 업혀 마을로 내려왔던 것이다.

현재 꽁보가 갖고 다니는 그 목숨은, 즉 더펄이 손에서 명줄을 받은 그때의 끄트머리다. 더펄이를 형이라 불렀고 형우 제공*을 깍듯이 하는 것도 까닭 없는 일은 아니었다.

이 산골도 그 녀석의 산골과 똑 헐없는 흉칙스러운 낯짝을 가졌다. 한번 휘 돌아보니 몸서리치던 그 경상을 다시 생각하지 않을 수 없다. 꽁보는 담배만 빡빡 피우며 시름 없이 앉았다.

"몸 좀 녹여서 인제 시적시적* 해볼까?"

더펄이도 추운지 떨리는 몸을 툭툭 털며 일어선다. 시작하도록 연모는 채비가 다 된 모양. 저편으로 가서 훔척훔척* 하더니 바랑에서 막걸리병과 돼지 다리를 꺼내 들고 이리로 온다.

"그래도 좀 거냉은 해야 할걸!"

하고 그는 병마개를 이로 뽑더니,

"에이 그냥 먹세, 언제 데워 먹겠나?"

"데웁시다."

"글쎄 그것두 좋구, 근데 불을 냈다가 들키면 어쩌나?"

"저 바위 틈에다 가리고 핍시다."

아우는 일어서서 가랑잎을 긁어 모았다.

형은 더듬어 가며 소나무 삭정이를 뚝뚝 꺾어서 한아름 안았다. 병풍과 같이 바위와 바위 사이에 틈이 벌었다. 그 속으로 들어가 그들은 불을 놓았다.

"커—, 그어 맛 좋아이."

형은 한 잔을 쭉 켜고 거나하였다. 칼로 돼지고기를 저며* 들고 쩍쩍 씹는다.

"아까 술집 계집 봤나?"

"왜 그루?"

"어떻든가?"

"……."

"아주 똑 땄데, 고거 참!"

하고 그는 눈을 불빛에 끔벅거리며 싱글싱글 웃는다. 일 년이면 열두 달, 줄창 돌아만 다니는 신세였다. 오늘은 서로, 내일은 동으로 조선 천지의 금점판치고 아니 찝쩍거린 데가 없었다. 언제나 나도 그런 계집 하나 만나 살림을 좀 해보누, 하면 무거운 한숨이 절로 안 날 수 없다.

"거, 계집 있는 게 한결 낫겠더군!"

하고 저도 열적을* 만큼 시풍스러운 소리를 하니까,

"글쎄요—."

하고 꽁보는 그 얼굴을 빤히 쳐다보았다. 이 날까지 같이 다녀

야 그런 법 없더니만 왜 별안간 계집 생각이 날까. 별일이로 군— 하긴 저도 요즘으로 부쩍 그런 생각이 무륵무륵 안 나는 것도 아니지만. 가을이 늦어서 그런지 두 홀애비 마주 앉기만 하면 나는 건 그 생각뿐.

"성님, 장가들라우?"

"어디 웬 계집이 있나?"

"글쎄?"

하고 꽁보는 그 말을 젖히다가 언뜻 이런 생각을 하였다. 제 누이를 주면 어떨까. 지금 그 누이가 충주 근방 어느 농군에게 출가하여 자식을 둘씩이나 낳았다마는 매우 반반한 얼굴을 가졌다. 이걸 준다면 형은 무척 반기겠고 또한 목숨을 구해 준 그 은혜에 대하여 손 씻어도 되리라.

"성님, 내 누이를 주라우?"

"누이?"

"썩 이쁘우, 성님이 보면 아마 담박 반하리다."

더펄이는 다음 말을 기다리며 다만 벙벙하였다. 불빛에 이글이글하고 검붉은 그 얼굴에는 만족한 미소가 떠올랐다. 그 누이에 대하여 칭찬은 전일부터 많이 들었다. 그럴 적마다 속중으로는 슬며시 생각이 달랐으나 차마 이렇다 토설치는 못 했던 터였다.

"어떻수?"

"글쎄, 그런데 살림하는 사람을 그리 되겠나?"
하여 뒷심은 두면서도 어정쩡하게 물어 보았다. 그리고 들껍쩍하고 술을 따러서 아우에게 권하다가 반이나 엎질렀다.
"그야, 돌려 빼면 고만이지, 누가 뭐랠 터유?"
꽁보는 자신이 있는 듯이 이렇게 선언하였다.
더펄이는 아주 좋았다. 팔짱을 딱 찌르고는 눈을 감았다. 나두 이젠 계집 하나 안아 보는구나! 아마 그 누이란 썩 이쁠 것이다. 오동통하고, 아양스럽고, 이런 계집에 틀림없으리라. 그럴 필요도 없건마는 그는 벌떡 일어서서 주춤주춤하다가 다시 펄썩 앉는다.
"언제 갈려나?"
"가만 있수, 이거 해 가지구 낼 갑시다."
오늘 일만 잘되면 내일로 곧 떠나도 좋다. 충청도라야 강원도 역경을 지나 칠팔십 리 걸으면 고만이다. 내일 해껏 걸으면 모레 아침에는 누이 집을 들러서 다른 금점으로 가리라 예정하였다. 그런데 이놈의 금을 언제나 좀 잡아 볼는지 아득한 일이었다.
"빌어먹을 거, 언제쯤 재수가 좀 터 보나!"
꽁보는 뜯고 있던 돼지 뼈다귀를 내던지며 이렇게 한탄하였다.
"염려 말게. 어떻게 되겠지. 오늘은 꼭 노다지가 터질 테니 두

고 볼려나?"

"작히 좋겠수, 그렇거든 고만 들어앉읍시다."

"이를 말인가, 이게 참 할 노릇을 하나, 이제 말이지."

그들은 몇 번이나 이렇게 자위*했는지 그 수를 모른다. 네가 노다지를 만나든 내가 만나든 둘이 똑같이 나눠 가지고 집을 사고 계집을 얻고 술도 먹고 편히 살자고. 그러나 여지껏 한 번이라도 그렇게 돼 본 적이 없으니 매양 헛소리가 되고 말았다.

"닭 울 때도 되었네. 인제 슬슬 가 볼려나?"

더펄이는 선뜻 일어서서 바랑을 짊어메다가 꽁보를 바라보았다. 몸이 또 도지는지 불 앞에서 오르르 떨고 있는 것이 퍽이나 측은하였다.

"여보게, 내 혼자 해 갖고 올게. 불이나 쬐고 거기 있을려나?"

"뭘, 갑시다."

꽁보는 꼬물꼬물 일어서며 바랑을 메었다.

그들은 발로다 불을 비벼 끄고는 거기를 떠났다.

산에, 골을 엇비슷이 돌아 오르는 샛길이 놓였다. 좌우로는 솔, 잣, 밤, 단풍 이런 나무들이 울창하게 꽉 들어박혔다. 그 밑으로 재갈, 아니면 불퉁바위는 예제 없이 마냥 뒹굴었다. 한갓 시커먼 그 암흑 속을 그 둘은 더듬고 기어오른다. 풀숲의 이슬로 말미암아 고의*는 축축이 젖었다. 다리를 옮겨 놀 적마다 철

떡철떡 살에 붙으며 찬 기운이 쭉 끼친다. 그리고 모진 바람은 뺀질 불어내린다. 붕하고 능글차게 낙엽을 불어내리다가는 뺑하고 되알지게 기를 복 쓴다.

꽁보는 더펄이 뒤를 따라오르며 달달 떨었다. 이게 지랄인지, 난장인지. 세상에 짜장 못 해먹을 건 금점 빼고 다시 없으리라. 금이 다 무언지, 요 짓을 꼭 해야 한담. 게다 건뜻하면 서로 두들겨 죽이는 것이 일. 참말이지 금쟁이치고 하나 순한 놈 못 봤다. 몸이 저릴 적마다 지겹던 과거를 또 연상하며 그는 다시금 몸에 소름이 돋았다. 그러자 맞은편 산 수퐁에서 큰 불이 어른하였다. 호랑이! 이렇게 놀라고 더펄이 허리에 가 덥석 달리며,

"저게 뭐유?"

하고 다르르 떨었다.

"뭐?"

"저거, 아니 지금은 없어졌네."

"그게, 눈이 어려서 헷거지 뭐야."

더펄이는 심상히 대답하고 천연스레 올라간다. 다구진 그 태도에 좀 안심이 되는 듯싶으나 그래도 썩 편치는 못했다. 왜 이리 오늘은 자꾸 겁만 드는지 까닭을 모르겠다. 몸은 매시근하고* 열로 인하여 입이 바짝바짝 탄다. 이것이 웬만하면 그럴 리 없으련마는……

"자네, 안 되겠네, 내 등에 업히게!"

하고 더펄이가 등을 내대일 제 그는 잠자코 바랑 위로 넙쭉 업혔다. 그래도 끽소리 없이 덜렁덜렁 올라가는 더펄이를 굽어보며 실팍한* 그 몸이 여간 부러운 것이 아니었다.

불볕 내리는 복중처럼 씨근거리며 이마에 땀이 쫙 흘렀을 그때에야 비로소 더펄이는 산 마루턱까지 이르렀다. 꽁보를 내려놓고 땀을 씻으며 후 하고 숨을 돌린다. 이젠 얼마 안 남았겠지. 조금 내려가면 요 아래에 있을 것이다.

그들이 이 마을에 들른 것은 바로 오늘 점심때이다. 지나서 그냥 가려 하다가 뜻하지 않은 주막 주인 말에 귀가 번쩍 띄었던 것이다. 저 산 너머 금점이 있는데 금이 푹푹 쏟아지는 화수분* 이라고. 요즘에는 화약 허가를 내가지고 완전히 일을 하고자 하여 부득이 잠시 휴광중이고 머지않아 다시 시작할 게다. 그리고 금 도적을 맞을까 하여 밤낮 구별 없이 감시하는 중이라 하는 것이다.

그러나 이 밤중에 누가 자지 않고 설마, 하고 더펄이는 덜렁덜렁 내려간다. 꽁보는 그 꽁무니를 쿡쿡 찔렀다. 그래도 사람의 일이니 물론 모른다. 좌우 곁으로 살펴보며 살금살금 사려 내려온다.

그들은 오 분쯤 내려왔다. 딴은 커다란 구덩이 하나가 딱 내달

았다. 산중턱에 집더미 같은 바위가 놓였고 그 옆으로 또 하나가 놓여 가달이 졌다. 그 가운데에다 뻐듬한* 돌 장벽을 끼고 구멍을 뚫은 것이다. 가루지는 한 발 좀 못 되고 길벅지는 약 세 발 가량. 성냥을 그어 대보니 네 길이 넘었다. 함부로 쪼아먹은 구덩이라 꺼칠한 놈이 군 버력*도 똑똑히 못 치웠다. 잠채를 염려하여 그랬으리라, 사다리는 모조리 떼 가고 밍숭밍숭한 돌벽이 있을 뿐이다.

그들은 다시 한 번 사방을 두레두레 돌아보았다. 지척을 분간키 어려우나 필경 사람은 없을 것이다. 마음을 놓고 바랑에서 관솔*을 꺼내어 불을 당겼다. 더펄이가 먼저 장벽에 엎드려 뒤로 기어내린다. 꽁보는 불을 들고 조심성 있게 찬찬이 내려온다. 한 길쯤 남았을 때 고만 발이 찍, 하고 더펄이는 떨어졌다. 끙, 하고 무던히 골탕은 먹었으나 그대로 쓱싹 일어섰다. 동이 트기 전에 얼른 금을 따야 될 것이다.

"여보게 아우, 나는 어딜 따랴나?"

"글쎄유……, 가만이 계슈."

아우는 불을 들이대고 줄맥을 한번 쭉 훑었다.

금점일에는 난다 긴다 하는 아달맹이 금쟁이었다. 썩 보더니 복판에는 동이 먹어 들어가고 양편 가생이로 차차 줄이 생하는 것을 알았다.

"성님은 저편 구석을 따우."

아우는 이렇게 지시하고 저는 이쪽 구석으로 왔다. 그러나 차마 그 틈바귀로 들어갈 생각이 안 난다. 한 길이나 실히 되도록 쌓아 올린 동발*이 금방 넘어올 듯이 위험하였다. 밑에는 좀 잘은 돌로 쌓았으나 그 위에는 제법 굵직굵직한 놈들이 얹혔다. 이것이 무너지면 깩 소리도 못 하고 치어 죽는다.

꽁보는 한참 생각했으되 별수없다. 낯을 찌푸려 가며 바랑에서 망치와 타래증을 꺼내들었다. 그런데 어떻게 파먹은 놈이기에 옴푹이 들어간 것이 일커녕 몸 하나 놓을 데가 없다. 마지못해 두 다리를 동발께로 쭉 뻗고 몸을 그 홈패기에 착 엎드려 망치질을 하기 시작하였다.

돌에 뚫린 석혈 구덩이라 공기는 더욱 퀭하였다. 정 때리는 소리만 양쪽 벽에 무겁게 부딪친다.

팡! 팡!

이렇게 몹시 귀를 울린다.

거의 한 시간이 넘었다. 그들은 벼력 같은 만감* 이외에 아무것도 얻지 못했다. 다시 오 분이 지난다. 십 분이 지난다. 딱 그때다.

꽁보는 땀을 철철 흘리며 좁다란 그 틈에서 감 하나를 손에 따 들었다. 헐없이 작은 목침 같은 그런 돌팍을. 엎드린 그대로 불빛에 비쳐 가만이 뒤져 보았다. 번들번들한 놈이 그 광채가 매

우 혼란스럽다. 혹시 연철이나 아닐까. 그는 돌 위에 눕혀 놓고 망치로 두드려 깨 보았다. 좀체 해서는 쪽이 잘 안 나갈 만큼 쭌둑쭌둑한 금돌! 그는 다시 집어들고 눈앞으로 바싹 가져오며 실눈을 떴다. 얼마를 뚫어지게 노려보았다. 무작정으로 가슴은 뚝딱거리고 마냥 들렌다. 이 돌에 박힌 금만으로도, 모름 몰라도 하치 열 냥중은 넘겠지. 천 원! 천 원!

"그 뭔가, 뭐야?"

더펄이는 이렇게 허둥지둥 달겨들었다.

"노다지."

하고 풀죽은 대답.

"으―응, 노다지?"

하기 무섭게 더펄이는 우뻑지뻑 그 돌을 받아들고 눈에 들이댄다. 척척 휠 만큼 들이박힌 금. 우리도 이젠 팔짜를 고치누나! 그는 껍쩍껍쩍 엉덩춤이 절로 난다.

"이리 나오게, 내 땀세."

그는 아우의 몸을 번쩍 들어 내놓고 제가 대신 들어간다. 역시 동발께로 다리를 쭉 뻗고는 그 틈바귀에 덥썩 업드렸다. 몸이 워낙 커서 좀 둥개이나* 아무렇게도 아우보다 힘이 낫겠지. 그 좁은 틈에 타래증을 꽂아 박고 식, 식, 하고 망치로 때린다.

꽁보는 그 앞에 서서 시무룩하니 흥이 지었다. 금점일로 할지면 제가 선생이요, 형은 제 지휘를 받아왔던 것이다. 뭘 안다고 푸뚱이*가 어줍대는가, 돌 쪽 하나 변변히 못 떼낼 것이…….

그는 형의 태도가 심상치 않음을 얼핏 알았다. 금을 보더니 완연히 변한다.

"저 곡괭이 좀 집어 주게."

형은 고개도 아니 들고 소리를 뻭 지른다.

아우는 잠자코 대꾸도 아니한다. 사람을 너무 얕보는 그 꼴이 썩 아니꼬왔다.

"아, 이 사람아, 곡괭이 좀 얼른 집어 줘, 왜 저리 정신없이 섰나?"

그리고 눈을 딱 부릅뜨고 쳐다본다. 아우는 암말 않고 저편 구석에 놓인 곡괭이를 집어다 주었다. 그리고 우두커니 다시 섰다. 형이 무람없이* 굴면 굴수록 그것은 반드시 시위에 가까웠다. 힘이 좀 있다고 주제넘게 꺼떡이는 그 화상이야 눈허리가 시었으면 시었지 그냥은 못 볼 것이다.

"또 땄네. 내 기운이 어떤가?"

형은 이렇게 주적거리며 곡괭이를 연송 내리찍는다. 마치 죽통에 덤벼드는 돼지 모양이다. 억척스럽게도 손뼉만한 감을 두 쪽이나 따냈다. 인제는 악이 아니면 세상 없어도 더는 못 딸 것이다.

엑! 엑! 엑!

그래도 억센 주먹이 굳은 농이다. 벌컥벌컥 나간다.

제 힘을 되우 자랑하는 형을 이윽히 바라보니 또한 그 속이 보인다. 필연코 이 노다지를 혼자 먹으려고 하는 것이다. 하면 내가 있는 것을 몹시 꺼리겠지 하고 속을 태운다.

"이것 봐, 자네 같은 건 골백 와야 소용없네."

하고 또 뽐낼 제 가슴이 선뜩하였다. 앞서는 형의 손에 목숨을 구해 받았으나 이번에는 같은 산골에서 그 주먹에 명을 도로 끊을지도 모른다. 그는 형의 주먹을 가만히 내려보다가 가엾이도 앙상한 제 주먹에 대조하여 보지 않을 수 없다. 그러나 다만 속이 바르르 떨릴 뿐이다.

그러자 꽁보는 기겁을 하여 놀라며 뒤로 물러섰다. 어이쿠 하는 불시의 비명과 아울러 와그르하였다. 쌓아올린 동발이 어찌하다 중턱*이 헐렸다. 모진 돌들은 더펄이의 장딴지며 넓적다리, 엉덩이까지 그대로 업눌렀다. 살은 물론 으스러졌으리라. 그는 업드린 채 꼼짝 못 하고 아픈데 못 이겨 끙끙거린다. 허나 죽질 않기만 요행이다. 바로 그 위의 공중에는 징그럽게 커다란 돌이 내려 구르자 그 밑을 받친 불과 조그만 조각돌에 걸려 미처 못 굴러내리고 간댕거리는 길이었다. 이 돌만 내리치면 그 밑에 그는 목숨은 고사하고 윽살이 될 것이다.

"여보게, 내 몸 좀 빼 주게."

형은 몸은 못 쓰고 죽어 가는 목소리로 애원한다. 그리고 또,

"아우, 나 죽네, 응?"

하고 거듭 애를 끊으며 빌붙는다. 고개만 겨우 들었을 따름, 그 외에는 손조차 자유를 잃은 모양 같다.

아우는 무너지려는 동발을 쳐다보며 얼른 그 머리맡으로 다가 선다. 발 앞에 놓인 노다지 세 쪽을 날쌔게 손에 잡자 도로 얼른 물러섰다. 그리고 눈물이 흐른 형의 얼굴은 돌아도 안 보고 그 발로 허둥지둥 장벽을 기어오른다.

"이놈아!"

너무 기어올라 벼락같이 악을 쓰는 호통이 들렸다. 또 연하여 우지끈 뚝딱, 하는 무서운 폭성이 들렸다. 그것은 거의 동시의 일이었다. 그리고는 좀 와스스하다가 잠잠하였다.

그때는 벌써 두 길이나 넘어 아우는 기어올랐다. 굿문까지 다 나왔을 제 그는 머리만 내밀어 사방을 두릿거리다 그림자같이 사라진다.

더펄이의 형체는 보이지 않는다. 침침한 어둠 속에 단지 굵은 돌멩이만이 쫙 흩어졌다. 이쪽 마구리*의 타다 남은 화롯불은 바야흐로 질듯 질듯 껌벅거린다. 그리고 된바람*이 애, 하고는 굿문께서 모래를 쫘륵, 쫘륵, 드려 뿜는다.

금 따는 콩밭

"터졌네, 터져." 수재는 눈이 휘둥그렇게 굿문을 튀어나오며 소리를 친다. 손에는 흙 한 줌이 잔뜩 쥐였다. "뭐?" 하다가, "금줄 잡았어, 금줄." "응!' 하고, 외마디를 뒤남기자 영식이는 수재 앞으로 살같이 달겨들었다. 허겁지겁 그 흙을 받아들고 살살이 헤쳐 보니 딴은 재래에 보지 못하던 불그죽죽한 황토였다. 그는 눈에 눈물이 핑 돌며, "이게 원줄인가?" "그럼, 이것이 곱색줄이라네. 한 포에 댓 돈씩은 넉넉 잡히지." 영식이는 기쁨보다 먼저 기가 탁 막혔다. 웃어야 옳을지 울어야 옳을지. 다만 입을 반쯤 벌린 채 수재의 얼굴만 멍하니 바라본다.

금 따는 콩밭

땅 속 저 밑은 늘 음침하다.

고달픈 간드렛불.* 맥없이 푸르게 하다. 밤과 달라서 낮엔 되우 흐릿하였다.

겉으로 황토 장벽으로 앞뒤 좌우가 콕 막힌 좁직한 구덩이. 흡사히 무덤 속같이 귀중중하다.* 싸늘한 침묵, 쿠더부레한 흙내와 징그러운 냉기만이 그 속에 자욱하다.

곡괭이는 뻗찔 흙을 이르집는다.* 암팡스러이* 내리쪼며, 퍽 퍽 퍽— 이렇게 메떨어진* 소리뿐, 그러나 간간 우수수하고 벽이 헐린다.

영식이는 일손을 놓고 소맷자락을 끌어당겨 얼굴의 땀을 훑는다. 이놈의 줄이 언제나 잡힐는지 기가 찼다. 흙 한 줌을 집어 코 밑에 바싹 들이대고 손가락으로 샅샅이 뒤져 본다. 완연히 버럭은 좀 변한 듯싶다. 그러나 불통버럭이 아주 다 풀린 것도 아니었다. 밀똥버럭이라야 금이 나온다는데 왜 이리 안 나오는지.

곡괭이를 다시 집어든다. 땅에 무릎을 꿇고 궁둥이를 번쩍 든 채 식식거린다. 곡괭이를 무작정 내리찍는다. 바닥에서 물이 스미어 무릎이 흥건히 젖었다. 구접은* 천판*에서 흙방울은 내리며 목덜미로 굴러든다. 어떤 때에는 윗벽의 한 쪽이 떨어지며 등을 탕 때리고 부서진다. 그러나 그는 눈도 하나 깜짝하지 않

는다. 금을 캔다고 콩밭 하나를 다 잡쳤다. 약이 올라서 죽을 둥 살 둥, 눈이 뒤집힌 이 판이다. 손바닥에 침을 탁 뱉고 곡괭이 자루를 한 번 고쳐 잡더니 쉴 줄 모른다.

등 뒤에서는 흙 긁는 소리가 드윽드윽 난다. 아직도 버력을 다 못 친 모양. 이 자식이 일을 하나 시쭐 하나, 남은 속이 바직 타는데 웬 뱃심이 이리도 좋아. 영식이는 살기 띤 시선으로 고개를 돌렸다. 암말 없이 수재를 노려본다. 그제야 꾸물꾸물 바지게*에 흙을 담고 등에 메고 사다리를 올라간다.

굿이 풀리는지 벽이 우찔하였다. 흙이 부서져 내린다. 전날이라면 이곳에서 아내 한 번 못 보고 생죽음이나 안 할까 털끝까지 쭈뼛할 게다. 그러나 인젠 그렇게 되고도 싶다.

수재란 놈하고 흙더미에 묻혀 한꺼번에 죽는다면 그게 오히려 나을 게다. 이렇게까지 몹시 미웠다.

이놈 풍치는* 바람에 애꿎은 콩밭 하나만 결딴을 냈다. 뿐만 아니라 모두가 낭패다. 세 벌 논도 못 맸다. 논둑의 풀은 성큼 자란 채 어지러이 널려져 있다. 이 기미를 알고 지주는 대노하였다. 내년부터는 농사 질 생각 말라고 발을 굴렀다. 땅은 암만을 파도 기수*가 없다. 이만 해도 다섯 길은 훨씬 넘었으리라. 좀더 깊어야 옳을지 혹은 북으로 밀어야 옳을지 우두커니 망설인다. 금점일에는 푸뚱이다. 여태까지 수재의 지휘를 받아 일을

해왔고 앞으로도 역시 그러해야 금을 딸 것이다. 그러나 그런 칙칙한 짓은 안 한다.

"이리 와, 이것 좀 파게."

그는 으쓱 위풍을 보이며 이렇게 분부하였다. 그리고 저는 일어나 손을 털며 뒤로 물러선다. 수재는 군말 없이 고분하였다. 시키는 대로 땅에 무릎을 꿇고 벽채로 군 버력을 긁어낸 다음 다시 파기 시작한다.

영식이는 치다 만 나머지 버력을 짊어진다. 커단 걸때*를 뒤퉁거리며 사다리로 기어오른다. 굿문*을 나와 버력더미에 흙을 막 내리려 할 제,

"왜 또 파? 이것들이 미쳤나 그래!"

산에서 내려오는 마름과 맞닥뜨렸다. 정신이 떠름하여* 그대로 벙벙히 섰다. 오늘은 또 무슨 포악*을 들으려는가.

"말라니까 왜 또 파는 게야?" 하고 영식이의 바지게 뒤를 지팡이로 콱 찌르더니,

"갈아 먹으라는 밭이지, 흙 쓰고 들어가라는 거야? 이 미친 것들아! 콩밭에서 웬 금이 나온다구 이 지랄들이야, 그래."

하고, 목에 핏대를 올린다. 밭을 버리면 간수 잘못한 자기 탓이다. 날마다 와서 그 북새를 피고 금해도 다음날 보면 또 여전히 파는 것이다.

"오늘로 이 구뎅이를 도로 묻어 놔야지 낼로 당장 징역 갈 줄 알게."

너무 감정에 격하여 말도 잘 안 나오고 떠듬떠듬거린다. 주먹은 곧 날아들 듯이 허구리*께서 불불 떤다.

"오늘만 좀 해보고 그만두겠어유."

영식이는 낯이 붉어지며 가까스로 한마디 하였다. 그리고 무턱대고 빌었다. 마름은 들은 척도 안 하고 가 버린다. 그 뒷모양을 영식이는 멀거니 배웅하였다. 그러나 콩밭 낯짝을 들여다보니 무던히 애통 터진다. 멀쩡한 밭에 구멍이 사면 풍풍 뚫렸다.

예제 없이 버력은 무더기무더기 쌓였다. 마치 사태 만난 공동묘지와도 같이 귀살적고* 되우 을씨년스럽다.

그다지 잘되었던 콩포기는 거의 버력더미에 다 깔려 버리고 군데군데 어쩌다 남은 놈들만이 고개를 나풀거린다. 그 꼴을 보는 것은 자식 죽는 걸 보는 게 낫지 차마 못 할 경상이었다.

농토는 모조리 떨어질 것이다. 그러나 대관절 올 밭도지* 벼 두 섬 반은 뭘로 해내야 좋을지. 게다 밭을 망쳤으니 자칫하면 징역을 갈는지도 모른다.

영식이가 구덩이 안으로 들어왔을 때 동무는 땅에 주저앉아 쉬고 있었다. 태연 무심히 담배만 뻑뻑 피는 것이다.

"언제나 줄을 잡는 거야?"

"인제 차차 나오겠지."
"인제 나온다?"
하고 코웃음을 치고 엇먹더니* 조금 지나매,
"이 새끼!"
흙덩이를 집어들고 골통을 내리친다.

수재는 어쿠 하고 그대로 푹 엎어진다. 그러나 벌떡 일어선다. 눈에 띄는 대로 곡괭이를 잡자 대뜸 달겨들었다. 그러나 강약이 부동. 왈살스러운 팔뚝에 퉁겨져 벽에 가서 쿵 하고 떨어졌다. 그 순간에 제가 빼앗긴 곡괭이가 정수리를 겨누고 날아드는 걸 보았다. 고개를 홱 돌린다. 곡괭이는 흙벽을 퍽 찍고 다시 나간다.

수재 이름만 들어도 영식이는 이가 갈렸다. 분명히 홀딱 속은 것이다. 영식이는 본디 금점에 이력*이 없었다. 그리고 흥미도 없었다. 다만 밭고랑에 웅크리고 땀을 흘려 가며 꾸벅꾸벅 일만 하였다. 올앤 콩도 뜻밖에 잘 열리고 맘이 좀 놓였다.

하루는 홀로 김을 매고* 있노라니까,
"여보게, 덥지 않은가? 좀 쉬었다 하게."
고개를 들어 보니 수재다. 농사는 안 짓고 금점으로만 돌아다니더니 무슨 바람에 또 왔는지 싱글벙글한다. 좋은 수나 걸렸나 하고,

"돈 좀 많이 벌었나? 나 좀 꿔 주게."

"벌구말구. 맘껏 먹고 맘껏 쓰고 했네."

술에 거나한 얼굴로 신껏 주절거린다. 그리고 밭머리에 쭈그리고 앉아 한참 객설*을 부리더니,

"자네 돈벌이 좀 안 할려나? 이 밭에 금이 묻혔네, 금이……."

"뭐?"

하니까, 바로 이 산 너머 큰 골에 광산이 있다. 광부를 삼백여 명이나 부리는 노다지판인데 매일 소출되는 금이 칠십 냥을 넘는다. 돈으로 치면 칠천 원, 그 줄맥이 큰 산허리를 뚫고 이 콩밭으로 뻗어 나왔다는 것이다. 둘이서 파면 불과 열흘 안에 줄을 잡을 게고 적어도 하루 서 돈씩은 따리라. 우선 삼십 원만 해두 얼마냐. 소를 산대두 반 필이 아니냐고.

그러나 영식이는 귀담아듣지 않았다. 금점이란 칼 물고 뜀뛰기다. 잘되면이거니와 못 되면 신세만 죽친다. 이렇게 전일부터 들은 소리가 있어서였다.

그 다음날도 와서 꾀송거리다 갔다.

셋째 번에는 집으로 찾아왔는데 막걸리 한 병을 손에 떡 들고 영을 피운다. 몸이 달아서 또 온 것이었다. 봉당에 걸터앉아서 저녁상을 물끄러미 바라보더니 조당수*는 몸을 훑인다는 둥, 일꾼은 든든히 먹어야 한다는 둥, 남들이 논을 사느니 밭을 사느

니 떠드는데 요렇게 지내다 그만둘 테냐는 둥 일쩝게* 지절거린다.

"아주머니, 이것 좀 먹게 해주시게유."

그리고 비로소 영식이 아내에게 술병을 내놓는다.

그들은 밥상을 끼고 앉아서 즐겁게 술을 마셨다. 몇 잔이 들어가고 보니 영식이의 생각도 쩌으기 돌아섰다. 딴은 일 년 고생하고 끽 콩 몇 섬 얻어먹느니보다는 금을 캐는 것이 슬기로운 짓이다. 하루에 잘만 캔다면 한 해 줄곧 공들인 그 수확보다 훨씬 이익이다. 올봄 보낼 제 비료값, 품삯 빚진 칠 원 까닭에 나날이 졸리는 이 판이다. 이렇게 지지하게* 살고 말 바에는 차라리 가로지*나 세로지나 사내 자식이 한 번 해볼 것이다.

"낼부터 우리 파 보세, 돈만 있으면야 그까짓 콩은……."

수재가 안달스레 재우쳐* 보챌 제 선뜻 응낙하였다.

"그래 보세, 빌어먹을 거 안 됨 그만이지."

그러나 꽁무니에서 죽을 마시고 있던 아내가 허리를 쿡쿡 찔렀기 망정이지 그렇지 않았다면 좀 주저할 뻔도 하였다.

아내는 아내대로의 셈이 빨랐다.

시체*는 금점이 판을 잡았다. 섣부르게 농사만 짓고 있다간 결국 비렁뱅이밖에는 더 못 된다. 얼마 안 있으면 산이고 논이고 밭이고 할 것 없이 다 금장이 손에 구멍이 뚫리고 뒤집히고

뒤죽박죽이 될 것이다. 그때는 뭘 파먹고 사나.

자, 보아라. 머슴들은 짜기나 한 듯이 일하다 말고 후딱하면 금점으로들 내빼지 않는가. 일꾼이 없어서 올엔 농사를 질 수 없느니 마느니 하고 동리에서는 떠들썩하다. 그리고 번동포농이조차 호미를 내던지고 강변으로, 개울로 사금을 캐러 달아난다. 그러다 며칠 뒤에는 지까다비신에다 옥당목을 떨치고 희짜를 뽑는* 것이 아닌가.

아내는 콩밭에서 금이 날 줄은 아주 꿈 밖이었다. 놀라고도 또 기뻤다. 올해는 노상 침만 삼키면 그놈 코다리*를 짜장 먹어 보겠구나만 하여도 속이 메질 듯이 짜릿하였다. 뒷집 양근댁은 금점 덕택에 남편이 사다 준 흰 고무신을 신고 나릿나릿 걷는 것이 무척 부러웠다. 저도 얼른 금이나 펑펑 쏟아지면 흰 고무신도 신고 얼굴에 분도 바르고 하리라.

"그렇게 해보지 뭐. 저 양반 하잔 대로만 하면 어련히 잘될라구."

얼떨떨하여 앉았는 남편을 이렇게 추겼던 것이다.

동이 트기 무섭게 콩밭으로 모였다.

수재는 진언*이나 하는 듯이 이리 대고 중얼거리고 저리 대고 중얼거리고 하였다. 그리고 덤벙거리며 이리 왔다가 저리 왔다

가 하였다. 제딴은 땅 속에 누운 줄맥을 어림하여 보는 맥이었다.

한참을 밭을 헤매다가 산 쪽으로 붙은 한구석에 딱 서며 손가락을 펴들고 설명한다. 큰 줄이란 본시 산운, 산을 끼고 도는 법이다. 이 줄이 노다지임에는 필시 이켠으로 버듬히* 누웠으리라. 그러니 여기서부터 파 들어가자는 것이었다.

영식이는 그 말이 무슨 소린지 새기지는 못했다. 마는 금점에는 난다는 수재이니 그 말대로 하기만 하면 영락없이 금퇴야 나겠지 하고 그것만 꼭 믿었다. 군말 없이 지시해 받은 곳에다 삽을 푹 꽂고 파헤치기 시작하였다.

금도 금이면 애써 키워 온 콩도 콩이었다. 거진 다 자란 허울 멀쑥한* 놈들이 삽 끝에 으츠러지고 흙에 묻히고 하는 것이다. 그걸 보는 것은 썩 속이 아팠다. 애틋한 생각이 물밀 때 가끔 삽을 놓고 허리를 구부려서 콩잎의 흙을 털어 주기도 하였다.

"아, 이 사람아, 맥쩍게 그건 봐 뭘 해, 금을 캐자니깐."

"아니야, 허리가 좀 아파서!"

핀잔을 얻어먹고는 좀 열적었다. 하기는 금만 잘 터져 나오면 이까짓 콩밭쯤이야. 이 밭을 풀어 논도 만들 수 있을 것이다. 눈을 감아 버리고 삽의 흙을 아무렇게나 콩잎 위로 홱홱 내던진다.

"국으로* 땅이나 파먹지 이게 무슨 지랄들이야!"

동리 노인은 뻔질 찾아와서 귀 거친 소리를 하곤 하였다.

밭에 구멍을 셋이나 뚫었다. 그리고 대고 뚫는 길이었다. 금인가 난장을 맞을* 건가 그것 때문에 농군은 버렸다. 이게 필연코 세상이 망하려는 징조이리라. 그 소중한 밭에다 구멍을 뚫고 이 지랄이니 그놈이 온전할 건가. 노인은 제 울화에 지팡이를 들어 삿대질을 아니할 수 없었다.

"벼락 맞느니, 벼락 맞어⋯⋯."

"염려 말아유. 누가 알래지유."

영식이는 그럴 적마다 데퉁스레 쏘았다. 금점에 흙을 되는 대로 내꾼지고는 침을 탁 뱉고 구덩이로 들어간다. 그러나 마음 한구석에는 언제나 끈—하였다. 줄을 찾는다고 콩밭을 전부 뒤집어 놓았다. 그리고 줄이 언제나 나올지 아직 가맣다. 논도 못 매고 물도 못 보고 벼가 어이 되었는지 그것조차 모른다. 밤에는 잠이 안 와 멀뚱하니 애를 태웠다.

수재는 낙담하는 기색도 없이 늘 한양*이었다. 땅에 웅숭그리고 시적시적 노량*으로 땅만 판다.

"줄이 꼭 나오겠나?"

하고 목이 말라서 물으면,

"이번에 안 나오거든 내 목을 베게."

 서슴지 않고 장담을 하고는 꿋꿋하였다. 이걸 보면 영식이도 마음이 좀 놓이는 듯싶었다. 전들 금이 없다면 무슨 멋으로 이 고생을 하랴. 반드시 금은 나올 것이다. 그제서는 이왕 손해는 하릴없거니와 그만두리라는 절망이 스스로 사라지고 다시금 주먹이 쥐어지는 것이었다.

 캄캄하게 밤은 어두었다. 어디선가 뭇개가 요란히 짖어댄다.
 남편은 진흙투성이를 하고 산에서 내려왔다. 풀이 죽어서 몸을 잘 가누지도 못하고 아랫목에 축 늘어진다. 이 꼴을 보니 아내는 맥이 다시 풀린다. 오늘도 또 글렀구나. 금이 터지면은 집을 한 채 사 간다고 자랑을 하고 왔더니 이내 헛일이었다. 인제 좌기*가 나서 낯을 들고 나갈 염의조차 없어졌다.* 남편에게 저녁을 갖다 주고 딱하게 바라본다.
 "인젠 꿔 온 양식도 다 먹었는데……."
 "새벽에 산제를 좀 지낼 텐데 한 번만 더 꿔 와."
 남의 말에는 대답 없고 유하게 흘게 늦은* 소리뿐. 그리고 드러누운 채 눈을 지그시 감아 버린다.
 "죽거리두 없는데 산제는 무슨……."
 "듣기 싫어! 요망 맞은 년 같으니."
 이 호통에 아내는 그만 멈씰하였다. 요즘 와서는 무턱대고 공

 연스레 골만 내는 남편이 영 딱하였다. 환장을 하는지 밤잠도 아니 자고 소리만 빽빽 지르며 덤벼들려고 든다. 심지어 어린것이 좀 울어도 이 자식 갖다 내꾼지라고 북새를 피는 것이다.
 저녁을 아니 먹으므로 그냥 치워 버렸다. 남편의 영(令)을 거역하기 어려워 양근댁한테로 또다시 안 갈 수 없다. 그간 양식은 줄곧 꿔다 먹고 갚지도 못하였는데 또 무슨 면목으로 입을 벌릴지 난처한 노릇이었다.
 그는 생각다 끝에 있는 염치를 보째 쏟아 던지고 다시 한 번 찾아가는 것이다. 마는 딱 맞딱뜨리어 입을 열고,
 "낼 산제를 지낸다는데 쌀이 있어야지유."
하자니 영 낯이 화끈하고 모닥불이 날아든다.
 그러나 그들은 어지간히 착한 사람이었다.
 "암, 그렇지요. 산신이 벗나면 죽도 그릅니다."
하고 말을 받으며 그 남편은 빙그레 웃는다. 워낙 금점에 장구* 닳아난 몸인 만큼 이런 일에는 적잖이 속이 틔었다. 손수 쌀 닷 되를 떠다 주며,
 "산제라 안 지냄 몰라두 이왕 지내려면 아주 정성껏 해야 됩니다. 산신이란 노하길 잘하니까유."
하고 그 비방까지 깨쳐 보낸다.
 쌀을 받아들고 나오며 영식이 처는 고마움보다 먼저 미안에

질려 얼굴이 다시 빨갰다. 그리고 그들 부부 살아가는 살림이 참으로, 참으로 몹시 부러웠다. 양근댁 남편은 날마다 금점으로 감돌며 버력더미를 뒤지고 토록*을 주워 온다. 그걸 온종일 장판돌에다 갈면 수가 좋으면 이삼 원, 옥아도* 칠팔십 전 끌은 매일 셈이 되는 것이었다. 그러면 쌀을 산다, 피륙*을 끊는다, 떡을 한다, 장리*를 놓는다―그런데 우리는 왜 늘 요 꼴인지. 생각만 해도 가슴이 메이는 듯 맥맥한 한숨이 연발을 하는 것이었다.

아내는 집에 돌아와 떡쌀을 담갔다. 낼은 뭘로 죽을 쑤어 먹을는지. 웃목에 웅크리고 앉아서 맞은쪽에 자빠져 있는 남편을 곁눈으로 살짝 흘겨본다. 남들은 돌아다니며 잘두 금을 주워 오련만 저 망나닌 제 밭 하나를 다 버려도 금 한 톨 못 주워 오나. 에, 에, 변변치도 못한 사나이, 저도 모르게 얕은 한숨이 거푸 두 번을 터진다.

밤이 이슥하여 그들 양주는 떡을 하러 나왔다. 남편은 절구에 쿵쿵 빻았다. 그러나 체가 없다. 동네로 돌아다니며 빌려 오느라고 아내는 다리에 불풍이 났다.*

"왜 이리 앉었수, 불 좀 지피지."

떡을 찌다가 얼이 빠져서 멍하니 앉았는 남편이 밉살스럽다. 남은 이래저래 애를 죄는데 저건 무슨 생각을 하고 저리 있는

건지. 낫으로 삭정이를 탁탁 쪼개서 던져 주며 아내는 은근히 훅딱이었다.

닭이 두 홰를 치고 나서야 떡은 되었다.

아내는 시루를 이고 남편은 겨드랑이에 자리때기를 꼈다. 그리고 캄캄한 산길을 올라간다. 비탈길을 얼마 올라가서야 콩밭은 놓였다. 전면을 우뚝한 검은 산에 둘리어 막힌 곳이었다. 가생이로 느티, 대추나무들은 머리를 풀었다.

밭머리 조금 못 미쳐 남편은 걸음을 멈추자 뒤의 아내를 돌아본다.

"인내, 그러구 여기 가만히 섰어."

시루를 받아 한 팔로 껴안고 그는 혼자서 콩밭으로 올라섰다. 앞에 쌓인 것이 모두가 흙더미, 그 흙더미를 막 돌아서려 할 제 아마 돌을 찼나 보다. 몸이 쓰러지려고 우찔근하니, 아내는 기급을 하여 뛰어오르며 그를 부축하였다.

"부정 타라구 왜 올라와, 요망 맞은 년."

남편은 몸을 바로잡자 소리를 빽 지르며 아내를 얼뺨을 붙인다.* 가뜩이나 죽어라 죽어라 하는데 불길하게도 계집년이……. 그는 마뜩지 않게* 투덜거리며 밭으로 들어간다.

밭 한가운데다 자리를 펴고 그 위에 시루를 놓았다. 그리고 시루 앞에다 공손하고 정성스레 재배를 커다랗게 한다.

"우리를 살려줍시사. 산신께서 거들어 주지 않으면 저희는 죽을밖에 꼼짝할 수 없습니다유."

그는 손을 모으고 이렇게 축원하였다. 아내는 이 꼴을 바라보며 독이 뽀록같이 올랐다. 금점을 합네 하고 금 한 톨 못 캐는 것이 버릇만 점점 글러 간다. 그전에는 없더니 요새로 건뜻하면 탕탕 때리는 못된 버릇이 생긴 것이다. 금을 캐랬지 뺨을 치랬나. 제발 덕분에 고놈의 금 좀 나오지 말았으면. 그는 뺨 맞은 앙심으로 맘껏 방자*하였다.

하긴 아내의 말 고대로 되었다. 열흘이 썩 넘어도 산신은 깜깜무소식이었다. 남편은 밤낮으로 눈을 까뒤집고 구덩이에 묻혀 있었다. 어쩌다 집엘 내려오는 때이면 얼굴이 헐떡하고 어깨가 축 늘어지고 거반 병객이었다. 그리고서 잠자코 커다란 몸집을 방고래에다 쿵 하고 내던지곤 하는 것이다.

"제 에미 붙을, 죽어나 버렸으면……."

혹은 이렇게 탄식하기도 하였다.

아내는 바가지에 점심을 이고서 집을 나섰다. 젖먹이는 등을 두드리며 좋다고 끽끽거린다.

인젠 흰 고무신이고 코다리고 생각조차 물렀다. 그리고 금 하는 소리만 들어도 입에 신물이 날 만큼 되었다. 그건 고사하고

꿔다 먹은 양식에 졸리지나 말았으면 그만도 좋으리마는.

  가을은 논으로 밭으로 누렇게 내렸다. 농군들은 기꺼운 낯을 하고 서로 만나면 흥겨운 농담. 그러나 남편은 앰한 밭만 망치고 논조차 건살 못 하였으니* 이 가을에는 뭘 거둬들이고 뭘 즐겨할는지. 그는 동네 사람의 이목이 부끄러워 산길로 돌았다.

  솔숲을 나서서 멀리 밭을 바라보니 둘이 다 나와 있다. 오늘도 또 싸운 모양. 하나는 이쪽 흙더미에 앉았고 하나는 저쪽에 앉았고 서로들 외면하여 담배만 뻑뻑 피운다.

  "점심들 잡숫게유."

  남편 앞에 바가지를 내려놓으며 가만히 맥을 보았다.*

  남편은 적삼이 찢어지고 얼굴에 생채기를 내었다. 그리고 두 팔을 걷고 먼 산을 향하여 묵묵히 앉았다.

  수재는 흙에 박혔다 나왔는지 얼굴은커녕 귓속들이 흙투성이다. 코 밑에는 피딱지가 말라붙었고 아직도 조금씩 피가 흘러내린다. 영식이 처를 보더니 열적은 모양. 고개를 돌려 모로 떨어지며 입맛만 쩍쩍 다신다.

  금을 캐라니까 밤낮 피만 내다 말려는가. 빚에 졸려 남은 속을 볶는데 무슨 호강에 이 지랄들인구. 아내는 못마땅하여 눈가에 살을 모았다.

  "산제 지낸다구 꿔 온 것은 언제나 갚는다지유우?"

뚱하고 있는 남편을 향하여 말끝을 꼬부린다. 그러나 남편은 눈썹 하나 까딱하지 않는다. 이번에는 어조를 좀 돋우며,

"갚지도 못할 걸 왜 꿔 오라 했지유?"

하고 얼추 호령이었다.

이 말은 남편의 채 가라앉지도 못한 분통을 다시 건드린다. 그는 벌떡 일어서며 황밤주먹을 쥐어 창망할 만큼* 아내의 골통을 후렸다.

"계집년이 방정맞게……."

다른 것은 모르나 주먹에는 아찔이었다. 멋없이 덤비다간 골통이 부서진다. 암상*을 참고 바르르 하다가 이윽고 아내는 등에 업은 어린아이를 끌러 들었다. 남편에게로 그대로 밀어던지니 아이는 까르르 하고 숨 모는* 소리를 친다.

그리고 아내는 돌아서서 혼자말로,

"콩밭에서 금을 딴다는 숙맥도 있담."

하고 빗대 놓고 비양거린다.

"이년아, 뭐?"

남편은 대뜸 달겨들며 그 볼치에다 다시 올찬* 황밤을 주었다. 적이나 하면 계집이니 위로도 해주련만 요건 분만 폭폭 질러 놓으려나, 예이 빌어먹을 거 이판사판이다.

"너허구 안 산다. 오늘루 가거라."

아내를 와락 떠다밀어 논둑에 젖혀 놓고 그 허구리를 발길로 퍽 질렀다. 아내는 입을 헉하고 벌린다.

"네가 허라구 옆구리를 쿡쿡 찌를 제는 언제냐? 요 집안 망할 년."

그리고 다시 퍽 질렀다. 연하여 또 퍽.

이 꼴들을 보니 수재는 조바심이 일었다. 저러다가 그 분풀이가 다시 제게로 슬그머니 옮아올 것을 지레 채었다. 인제 걸리면 죽는다. 그는 비슬비슬하다 어느 틈엔가 구덩이 속으로 시나브로 없어져 버린다.

볕은 다사로운 가을 향취를 풍긴다. 주인을 잃고 콩은 무거운 열매를 둥글둥글 흙에 굴린다. 맞은쪽 산 밑에서 벼들을 베며 기뻐하는 농군의 노래.

"터졌네, 터져."

수재는 눈이 휘둥그렇게 굿문을 튀어나오며 소리를 친다. 손에는 흙 한 줌이 잔뜩 쥐였다.

"뭐?" 하다가,

"금줄 잡았어, 금줄."

"응!" 하고, 외마디를 뒤남기자 영식이는 수재 앞으로 살같이 달겨들었다. 허겁지겁 그 흙을 받아들고 샅샅이 헤쳐 보니 딴은 재래에 보지 못하던 불그죽죽한 황토였다. 그는 눈에 눈물이 핑

돌며,

"이게 원줄인가?"

"그럼, 이것이 곱색줄이라네. 한 포에 댓 돈씩은 넉넉 잡히지."

영식이는 기쁨보다 먼저 기가 탁 막혔다. 웃어야 옳을지 울어야 옳을지. 다만 입을 반쯤 벌린 채 수재의 얼굴만 멍하니 바라본다.

"이리 와 봐. 이게 금이래!"

이윽고 남편은 아내를 부른다. 그리고 내 뭐랬어, 그러게 해보라고 그랬지, 하고 설면설면* 덤벼 오는 아내가 한결 어여뻤다. 그는 엄지손가락으로 아내의 눈물을 지워 주고, 그리고 나서 껑충거리며 구덩이로 들어간다.

"그 흙 속에 금이 있지요?"

영식이 처가 너무 기뻐서 코다리에 고래등 같은 집까지 연상할 제, 수재는 시원스러이,

"네, 한 포대에 오십 원씩 나와유."

하고 대답하고, 오늘 밤에는 정녕코 꼭 달아나리라 생각하였다. 거짓말이란 오래 못 간다. 뽕이 나서* 뼈다귀도 못 추리기 전에 훨훨 벗어나는 게 상책이겠다.

금

살기 위하여 먹는걸, 먹기 위하여 몸을 버리고, 그리고 또 목숨까지 버린다. 그걸 그는 알았는지, 혹은 모르는지 아픔에 못 이겨, "아이구!" 하고 쓰러지는 듯 길게 한숨을 뽑더니, "가지고 달아나진 않겠지?" 아내는 아무 말도 대답하지 않는다. 고개를 수그린 채 보기 흉악한 그 발을 뚫어지게 쏘아만 볼 뿐. 그러나 까무잡잡한 야윈 얼굴에 불현듯 맑은 눈물이 솟아내린다. 망할 것두 다 많아. 제 발을 이래까지 하면서 돈을 벌어 오라진 않았건만. 대관절 인제 어떻게 하려고 이러는지······.

금

　금점이란 헐없이 똑 난장판이다.
　감독의 눈은 일상 올빼미 눈같이 둥글린다. 훅 하면 금도적을 맞는 까닭이다. 하긴 그래도 곧잘 도적*을 맞긴 하련만—.
　대거리*를 꺾으러 광부들은 하루에 세 때로 몰려든다. 그들은 늘 하는 버릇으로 굴문 앞까지 와서는 발을 멈춘다. 잠자코 옷을 훌훌 벗는다.
　그러면 굴문을 지키는 감독은 그 앞에서 이윽히 노려보다가 이 광산 전용의 굴복을 한 벌 던져 준다. 그놈을 받아 쥐고는 비로소 굴 안으로 들어간다. 이렇게 탈을 바꿔 쓰고야 저 땅 속 백여 척이 넘는 굴 속으로 기어드는 것이다.
　그와 마찬가지로 나는 대거리는 굴문께로 기어나와서 굴복을 벗는다. 벌거숭이 알몸뚱이로 다리짓 팔짓을 하여 몸을 털어 보인다. 그리고 제 옷을 받아 입고는 집으로 돌아가는 것이다.
　이것이 여름이나 봄철이면 혹시 모른다. 동지섣달 날카로운 된바람이 악을 쓰게 되면 가관이다. 발가벗고 서서 소름이 쪽 끼쳐 떨고 있는 그 모양, 여기 우스운 이야기가 있다. 최 서방이라는 한 노인이 있는데, 한 육십쯤 되었을까, 허리가 구붓하고* 들피진* 얼굴에 좀 병신스러운 촌뜨기가 하루는 굴복을 벗고 몸을 검사시키는데 유달리 몹시 떤다. 뼈에 말라붙은 가죽에도 소름이 돋는지 하여튼 무던히 추웠던지라 몸이 반쪽이 되어 떨고

섰더니 그만 오줌을 쪼록 하고 지렸다. 이놈이 힘이 없었게 망정이지 좀만 뻗쳤으면 앞에 섰는 감독의 바지를 적실 뻔했다. 감독은 방한화의 오줌 방울을 땅바닥에 탁탁 털며,
"이놈이가!"
하고 좀 노하려고 했으나 먼저 그 꼬락서니가 웃지 않을 수 없다.
"늙은 놈도 오줌을 싸, 이놈아?"
그리고 손에 쥐었던 지팡이로 거길 톡 친다.
최 서방은 얼은 살이라 좀 아픈 모양.
"아야" 하고 소리를 치다가 시나브로 무안하여 허리를 구부린다. 이것을 보고 곁에 몰려 섰던 광부들은 우아아 하고 뭇웃음이 한꺼번에 터져 오른다.
이렇게 엄중히 잡도리*를 하건만 그래도 용케는 먹어들 가는 것이다. 어떤 놈은 상투 속에다 금을 끼고 나온다. 혹은 다비 속에다 껴신고 나오기도 한다. 이건 예전 말이다. 지금은 간수들의 지혜도 훨씬 슬기롭다. 이러다가는 단박 들켜 내떨리기밖에 더는 수 없다. 하니까 광부들의 꾀 역시 나날이 때를 벗는다. 사실이지 그들은 구덩이 내로 들어만 서면 이 궁리 빼고는 다른 생각은 조금도 없다. 어떻게 하면 이놈의 금을 좀 먹어다 놓고 다리를 뻗고 계집을 데리고 이래 지내 볼른지. 하필 광주만 먹

이어 살 올릴 게 아니니까. 거기에는 제일 안전한 방법이 있으니 그것은 덮어놓고 꿀떡 삼키고 나가는 것이다. 제아무리 귀신인들 뱃속에 든 금이야. 허나 사람의 창자란 쇳바닥이 아니니 금덕을 보기 전에 께져* 버리면 남보기에 효상*만 사납다. 왜냐하면 사금이면 모르나 석혈금이란 유리쪽 같은 차돌에 박혔기 때문에. 에라 입 속에 감춰라. 귓 속에 묻어라. 빌어먹을 거 사타구니에 끼고 나가면 누가 뭐랄 텐가. 심지어 덕희는 항문에다 금을 박고 나오다 그만 뽕이 났다. 감독은 낯을 이그리며 금을 삐집어 놓고,

"이 자식이 금을 똥구멍으로 먹어?"
하고 알볼기짝을 발길로 보기 좋게 갈기니 찔꺽, 그리고 내떨렸다.

이렇게 되고 보면 감독의 책임도 수월치 않다. 도적을 지켜야 제 월급도 오르긴 하지만 일변 생각하면 성가신 노릇. 몇 달씩 안 빨은 옷을 벗길 적마다 부연 먼지는 오른다. 게다 목욕을 언제나 했는지 때가 누덕누덕*한 몸뚱이를 뒤져 보려면 구역이 곧바로 올라 오른다. 광부들이란 항상 돼지 같은 몸뚱이므로—.

봄이 돌아와 향기로운 바람이 흘러 나와도 그는 아무 재미를 모른다. 맞은쪽 험한 산골에 어즈러이 흩어진 동백, 개나리, 철쭉들도 그의 흥미를 끌기에 힘이 어렸다.* 사람이란 기계와 다

르다. 단 한 가지 단조로운 일에 시달리고 나면 나중에는 그만 지치고 마는 것이다. 그 일뿐 아니라 세상 사물에 권태를 느끼는 것이 항용*이다. 그런 중 피로한 몸에다 점심 벤또*를 한 그릇 집어넣고 보면 몸이 더욱 나른하다. 그때는 황금 아니라 온 천하를 떼어 온대도 그리 반갑지 않다. 굴문을 지키던 감독은 교의에 몸을 의지하고 두 팔을 벌리어 기지개를 늘인다. 우음하고 다시 궐련을 피운다. 그의 눈에는 어젯밤 끼고 놀던 주막거리의 계집애 그 젖꼭지밖에는 더 띄지 않는다. 워낙 졸리운 몸이라 그것도 어렴풋이―.

요 아래 산중턱에서 발동기는 채신이 없이* 풍, 풍, 풍, 계속 소리를 낸다. 뭇사내가 그리로 드나든다. 허리를 굽히고 끙, 끙, 매는 것이 아마 감석을 나르는 모양. 그 밑으로 골물은 돌에 부대끼며 콸콸 내려 흐른다.

한 점 이십 분. 굴 파수*가 점심을 막 치르고 난 다음이다. 고달픈 눈을 게슴츠레히 끔뻑이며 앉았노라니 뜻밖에 굴문께로 광부의 대강이가 하나 불쑥 나타난다. 대거리 때도 아니요, 또 지금쯤 나올 필요도 없건만. 좀더 눈을 의아히 뜰 것은 등어리에 척 늘어진 반송장을 업었다.

"헤, 헤, 또 죽어 했어?"

그는 골피를 찌푸리며 입맛을 다신다. 허나 금점에 사람 죽는

것은 도수장 소 죽음에 진배없이 예사다. 그건 먹다도 죽고, 꽁무니를 까고도 죽고, 혹은 곡괭이를 든 채로 죽고 하니까. 놀람보다도 성가신 생각이 먼저 앞선다. 이걸 또 어떻게 치우나. 감독 불충분의 덤터기*로 그 누를 입어 떨리지나 않을런지……

 감독은 교의에서 엉거주춤 일어서며,

 "왜 그랬어?"

 "벼력에 치, 치 치였습니다."

 광부는 헝겁스리 눈을 희번덕이며 이렇게 말이 굼는다. 걸때가 커다랗고 억세게 생겼으나 까맣게 치올려 보이는 사다리를, 더구나 부상자를 업고 기어오르는 동안 있는 기운이 모조리 지친 모양. 식식! 그리고 검붉은 이마에 땀이 쭉 흐른다. 죽어 가는 동관*을 구하고자 일 초를 시새워* 들레인다.*

 "이걸 어떻게 살려야지유?"

 감독은 대답 대신 다시 낯을 찌푸린다. 등에 엎드린 광부의 바른쪽 발을 노려보면서 굴복 등거리*로 복사뼈까지 얼러 들씌 매곤 굵은 새내끼*로 칭칭 감았는데 피, 피, 싸맨 굴복 위로 징그러운 선혈이 풍풍 그저 스며 오른다. 그뿐 아니라 피는 땅에까지 뚝뚝 떨어지며 보는 사람의 가슴에 못을 치는 듯. 물론 그자는 까무러쳤으나 웃통을 벗은 채 남의 등에 걸치어 꼼짝 못 한다. 고개는 시든 파잎같이 앞으로 툭 떨어지고—

"이걸 어떻게 얼른 해야지유?"

이를 말인가. 곧 서둘러 병원으로 데리고 가서 으스러진 발목을 잘라내든지 해야 일이 쉽겠다. 허나 이걸 데리고 누가 사무실로 병원으로, 왔다갔다 성가신 노릇을 하랴. 염량* 있는 사람은 군일에 손을 안 댄다. 게다가 다행히 딴놈이 가로맡아 조급히 서두르므로 아따 네 멋대로 그 기세를 바짝 치우치며,

"암! 얼른 데리구 가 약기 발라야지."

가장 급한 듯 저도 허풍을 피운다.

이 영(슈)이 떨어지자 광부는 나를 듯이 접벙거리며 굴막을 나온다. 동관의 생명이 몹시 위급한 듯, 물방앗간을 향하여 구르다시피 산비탈을 내려올 제,

"이봐, 참 그 사람이 이름이 뭐?"

"북 삼호 구덩이에서 저와 같이 일하는 이덕순입니다."
하고 소리를 지르고는 다시 발길을 돌려 뺑 내뺀다.

감독을 이 꼴을 멀리 바라보며,

"이덕순이, 이덕순이."
하다가 곧 늘어지게 하품을 으아함, 하고 내뽑는다.

시골의 봄은 바쁘다. 농군들은 들로 산으로 일을 나갔고 마을에는 양지쪽에 자빠진 워리의 기지개뿐. 아이들은 둑 밑 잔디로 기어다니며 조그마한 바구니에 주워 담는다. 달룽, 소루쟁이,

 게다가 우렁이—.
　산모퉁이를 돌아내릴 때,
　"누가 따라오지나 않나?"
　덕순이는 초조한 어조로 묻는다. 그러나 죽은 듯이 고개는 그냥 떨어진 채 사리는 음성으로,
　"아니, 이젠 염려 없네."
　아주 자신 있는 쾌활한 대답이다. 조금 사이를 띄어 가만히,
　"혹 빠지나 보게, 또 십 년 공부 나미타불 만들어."
　"음, 댔으니까 설마—."
하고 덕순이는 대답은 하나 말끝이 밍밍히* 식는다. 기운이 푹 꺼진 걸 보면 아마 매우 괴로운 모양 같다. 좀전에는 내 험세, 그까짓 거 좀, 하고 희망에 불 일던 덕순이다. 그 순간의 덕순이와는 아주 팔팔결.* 몹시 아프면 기운도 죽나 보다.
　덕순이는 저희 집 가까이 옴을 알자 비로소 고개를 조금 들었다. 쓰러져 가는 납작한 낡은 초가집, 그 자리를 쑤시듯 풍풍 뚫어진 방문, 저 방에서 두 자식을 데리고 계집을 데리고 고생만 무진히 하였다. 이제는 게다가 다리까지 못 쓰고 드러누웠으니! 아내와 밤낮 겯고 틀고* 이렇게 복대기*를 또 쳐야 되려니! 아아! 그리고 보니 등줄기에 소름이 날카롭게 지난다. 제 손으로 돌을 들어 눈을 감고 발을 내리찧는다. 깜짝 놀란다. 발은 깨지

며 으스러진다. 피가 퍼진다. 아, 얼마나 어리석은 짓인가? 그러나 그러나 단돈 천 원은 그 얼만가!

"아, 이거 왜 이랬수?"

아내는 자지러지게 놀라며 뛰어나온다. 남편은 뻔히 쳐다볼 뿐, 무대답. 허나 그 속은 묻지 않아도 훤한 일이었다. 요즘 며칠 동안을 끙끙거리던 그 계획, 그리고 이러이러할 수밖에 없을 텐데 하고 잔뜩 장담은 했으나 그래도 차마 못 하고 차일피일 미뤄 오던 그 계획. 그예 기어코 이 꼴을 만들어 오는구!

아내는 행주치마에 손을 닦고 허둥지둥 남편을 부축하여 방으로 끌어들인다.

"끙!"

남편은 방 벽에 가 비스듬히 기대앉으며 이렇게 안간힘을 쓴다. 그리고 다친 다리를 제 앞으로 조심히 끌어당긴다. 이마에 살을 조여 가며 제 손으로 풀기 시작한다.

굵은 새내끼는 풀어 제쳤다. 그리고 피에 젖은 굴복 등거리를 조심히 풀어 보니 어느 게 살인지, 어느 게 뼈인지 분간하기 곤란이다. 다만 흐느적 흐느적 하는, 아마 돌이 내려칠 제 그 모에 밀리고 으스러져 그렇게 되었으리라. 선지 같은 고깃덩이가 여기에 하나 붙고 혹은 저기에 하나 붙고. 발가락께는 그 형체조차 잃었을 만큼 아주 무질러지고 말이 아니다. 아직도 철철 피

는 흐른다. 이렇게까지는 안 되었을 텐데! 그는 보기만 해도 너무 끔찍해 몸이 졸아들 노릇이다.

그러나 그는 우선 피에 흥건한 굴복을 집어들고 털어 본다. 역시 피가 찌르르 묻은 손뼉만한 돌이 떨어진다. 그놈을 집어들고 이리로 저리로 뒤져 본다. 어두운 굴 속이라 간드레* 불빛에 혹시 잘못 보았을지도 모른다. 아내에게 물을 떠 오래서 거기다가 흔들어 피를 씻고 보니 과연 노다지. 금. 황금. 이래도 천 원짜리는 되겠지!

동무는 이 광경을 가만히 들여다보고 섰다가,

"인내게. 내 가져가 팔아 옴세."

"……"

덕순이는 잠자코 그 얼굴을 유심히 쳐다본다. 돌은 손에 잔뜩 움켜쥐고. 아니 더욱 힘있게 손을 쥔다. 마는 동무가 조금도 서슴지 않고,

"금으로 잡아 파나, 그대로 감석채 파나 마찬가지니, 얼른 팔아서 돈이 있어야 자네도 약도 사고 할 게 아닌가, 같이 하고 설마 도망이야 안 가겠지" 하니까,

"팔아 오게."

그제서 마음을 놓았는지 감석을 내준다.

동무는 그걸 받아들고 방문을 나오며 후회가 몹시 된다. 제가

발을 깨지고, 피를 내고, 그리고 감석을 지니고 나왔다면 둘을 먹을걸. 발견은 제가 하였건만 덕순이에게 둘을 주고 원 주인이 하나만 먹다니. 그때는 왜 이런 용기가 안 났던가. 이제와 생각하면 분하고 절통하기 짝이 없다. 그는 허둥거리며 땅바닥에다 거칠게 침을 퇴, 뱉고 또 퇴, 뱉고 싸리문을 돌아나간다.

이 꼴을 맥풀린 시선으로 멀거니 내다본다. 덕순이는 낯을 흐린다. 하는 양을 보니 암만해도, 혼자 먹고 달아날 장본인*인 듯. 허지만 설마…….

살기 위하여 먹는걸, 먹기 위하여 몸을 버리고, 그리고 또 목숨까지 버린다. 그걸 그는 알았는지, 혹은 모르는지 아픔에 못 이겨,

"아이구!" 하고 쓰러지는 듯 길게 한숨을 뽑더니,

"가지고 달아나진 않겠지?"

아내는 아무 말도 대답하지 않는다. 고개를 수그린 채 보기 흉악한 그 발을 뚫어지게 쏘아만 볼 뿐. 그러나 까무잡잡한 야윈 얼굴에 불현듯 맑은 눈물이 솟아내린다. 망할 것두 다 많아. 제 발을 이래까지 하면서 돈을 벌어 오라진 않았건만. 대관절 인제 어떻게 하려고 이러는지…….

얼마 후 이마를 들자 목성을 돋우며,

"아프진 않어?" 하고 뾰로지게 쏘아 박는다.

"아프긴 뭐 아퍼, 인제 났겠지."

바로 희떱게스리* 허울 좋은 대답이다. 마는 그래도 아픔은 참을 기력이 부치는 모양. 조금 있더니 그 자리에 그대로 쓰러지며,

"아이구!"

참혹한 비명이다.

소낙비

밤새도록 줄기차게 내리던 빗소리가 아침에 이르러서야 겨우 그치고 점심때에는 생기로운 볕까지 들었다. 쿨렁쿨렁 논물 나는 소리는 요란히 들린다. 시내에서 고기 잡는 아이들의 고함이며, 농부들의 희희낙락한 메나리도 기운차게 들린다. 비는 춘호의 근심도 씻어 간 듯 오늘은 그에게도 즐거운 빛이 보였다.

소낙비

 음산한 검은 구름이 하늘에 뭉게뭉게 모여드는 것이 금시라도 비 한 줄기 할 듯하면서도 여전히 짖궂은 햇발은 겹겹 산 속에 묻힌 외진 마을을 통째로 자실 듯이* 달구고 있었다. 이따금 생각나는 듯 살매들린 바람은 논밭 간의 나무들을 뒤흔들며 미쳐 날뛰었다.
 산 밖으로 농군들을 멀리 품앗이로 내보낸 안마을의 공기는 쓸쓸하였다. 다만 맷맷한* 미루나무 숲에서 거칠어 가는 농촌을 읊는 듯 매미의 애끊는 노래…….
 매—음! 매—음!
 춘호는 자기 집—올봄에 오 원을 주고 사서 들은 묵새긴* 오막살이집—방 문턱에 걸터앉아서 바른 주먹으로 턱을 괴고는 봉당에서 저녁으로 때울 감자를 씻고 있는 아내를 묵묵히 노려보고 있었다. 그는 사나흘 밤이나 눈을 안 붙이고 성화를 하는 바람에 농사에 고리삭은* 그의 얼굴은 더욱 해쓱하였다.
 아내에게 다시 한 번 졸라 보았다. 그러나 위협하는 어조로,
 "이봐, 그래 어떻게 돈 이 원만 안 해줄 테여?"
 아내는 역시 대답이 없었다. 갓 잡아온 새댁 모양으로 씻는 감자나 씻을 뿐 잠자코 있었다.
 되나 안 되나 좌우간 이렇다 말이 없으니 춘호는 울화가 터져서 죽을 지경이었다. 그는 타곳*에서 떠돌아 온 몸이라 자기를

믿고 장리를 주는 사람도 없고, 또는 그 알량한* 집을 팔려 해도 단 이삼 원의 작자도 내닫지 않으므로 앞뒤가 꼭 막혔다. 마는, 그래도 아내는 나이 젊고 얼굴 똑똑하겠다, 돈 이 원쯤이야 어떻게라도 될 수 있겠기에 묻는 것인데 들은 체도 안 하니 썩 괘씸한 듯싶었다.

그는 배를 튀기며 다시 한 번,

"돈 좀 안 해줄 테여?" 하고 소리를 빽 질렀다.

그러나 대꾸는 역시 없었다. 춘호는 노기충천하여 불현듯 문지방을 떠다밀며 벌떡 일어섰다. 눈을 홉뜨고 벽에 기댄 지게 막대를 손에 잡자, 아내의 옆으로 바람같이 달겨들었다.

"이년아, 기집 좋다는 게 뭐여. 남편의 근심도 덜어 줘야지, 끼고 자자는 기집이여?"

지게 막대는 아내의 연한 허리를 모질게 후렸다. 까부라지는 비명은 모지락스리* 찌그러진 울타리 틈을 벗어 나간다. 잼처* 지게 막대는 앉은 채 고꾸라진 아내의 발 뒤축을 얼러 볼기를 내리갈겼다.

"이년아, 내가 언제부터 너에게 조르는 게여?"

범같이 호통을 치며 남편이 지게 막대를 공중으로 다시 올리며 모질음*을 쓸 때 아내는,

"에그머니!" 하고 외마디를 질렀다. 연하여 몸을 뒤치자 거반

엎어질 듯이 싸리문 밖으로 내달렸다. 얼굴에 눈물이 흐른 채 황그리는* 걸음으로 문 앞의 언덕을 내려 개울을 건너고 맞은쪽에 뚫린 콩밭길로 들어섰다.

"너, 네가 날 피하면 어딜 갈 테여?"

발길을 막는 듯한 의미 있는 호령에 달아나던 아내는 다리가 멈칫하였다. 그는 고개를 돌려 싸리문 안에 아직도 지게 막대를 들고 서 있는 남편을 바라보았다. 어른에게 죄진 어린애같이 입만 종깃종깃 하다가 남편이 뛰어나올까 겁이 나서 겨우 입을 열었다.

"쇠돌 엄마 집에 좀 다녀올게유."

쭈뼛쭈뼛 변명을 하고는 가던 길을 다시 횡허케 내걸었다. 아내라고 요새 이 돈 이 원이 급하게 필요함을 모르는 바도 아니었다. 마는, 그의 자격으로나 노동으로나 돈 이 원이란 감히 땅띔도 못 해*볼 형편이었다. 벌이래야 하잘것 없는 것—아침에 일어나기가 무섭게 남에게 뒤질까 영산이 올라* 산으로 빼는 것이다. 조그만 종댕기*를 허리에 달고 거한* 산중에 드문드문 박혀 있는 도라지, 더덕을 찾아가는 일이었다. 깊은 산 속으로, 우중충한 돌 틈바퀴로 잔약한* 몸으로 맨발에 짚신짝을 끌며 강파른 산등을 타고 돌려면 젖 먹던 힘까지 녹아내리는 듯 진땀이 머리로부터 발끝까지 쭉 흘러내린다.

아랫도리를 단 외겹으로 두른 낡은 치맛자락은 다리로, 허리로 척척 엉겨 걸음을 방해하였다. 땀에 불은 종아리는 거친 숲에 긁혀미어* 그 쓰라림이 말이 아니다. 게다가 무거운 흙내는 숨이 탁탁 막히도록 가슴을 찌른다. 그러나 삶에 발버둥치는 순진한 그의 머리는 아무 불평도 일지 않았다.

가물에 콩 나기로 어쩌다 도라지 순이라도 어지러운 숲 속에 하나둘 뾰족이 뻗어 오른 것을 보면, 그는 그래도 기쁨에 넘치는 미소를 띠었다.

때로는 바위도 기어올랐다. 정히 못 기어오를 그런 험한 곳이면 칡덩굴에 매달리기도 하는 것이었다. 땟국에 절은 무명 적삼은 벗어서 허리춤에다 꾹 찌르고는 호랑이숲이라 이름난 강원도 산골에 매달려 기를 쓰고 허비적거린다.* 골 바람은 지날 적마다 알몸을 두른 치맛자락을 공중으로 날린다. 그때마다 검붉은 볼기짝을 사양 없이 내보이는 칡덩굴 속의 그를 본다면, 배를 움켜쥐어도 다 못 볼 것이다. 마는, 다행히 그윽한 산골이라 그 꼴을 비웃는 놈은 뻐꾸기뿐이었다.

이리하여 해동갑으로 해갈*을 하고 나면 캐어 모은 도라지, 더덕을 얼러 사발 가웃, 혹은 두어 사발 남짓하게 되는 것이다. 그러면 동리로 내려와 주막거리에 가서 그걸 내주고 보리쌀과 사발바꿈을 하였다. 그러나 요즘엔 그나마도 철이 겨워 소출*이

없다. 그 대신 남의 보리방아를 온종일 찧어 주고 보리밥 그릇이나 얻어다가는, 집으로 돌아와 농토를 못 얻어 뻔뻔히 노는 남편과 같이 나누는 것이 그날 하루하루의 생활이었다. 그러고 보니 돈 이 원커녕 당장 목을 딴대도 피도 나올지가 의문이었다.

 만약 돈 이 원을 돌린다면 아는 집에서 보리라도 꾸어 파는 수밖에는 다른 도리가 없다. 그리고 온 동리의 아낙네들이 치맛바람에 팔자 고쳤다고 쑥덕거리며 은근히 시새우는* 쇠돌 엄마가 아니고는 노는 벌이를 가진 사람이 없다. 그런데 도둑이 제 발 저리다고 그는 자기 꼴 주제에 제물에 눌려서 호사로운 쇠돌 엄마에게는 죽어도 가고 싶지 않았다. 쇠돌 엄마도 처음에는 자기와 같이 천한 농부의 계집이련만 어쩌다 하늘이 도와 동리의 부자 양반 이 주사와 은근히 배가 맞은 뒤로는 얼굴도 모양 내고, 옷치장도 하고, 밥 걱정도 안 하고 하여 아주 금방석에 뒹구는 팔자가 되었다.

 그리고 쇠돌 아버지도 이게 웬 땡이냔 듯이 아내를 내어놓은 채 눈을 살짝 감아 버리고 이 주사에게서 나온 옷이나 입고, 주는 쌀이나 먹고, 연년이 신통치 못한 자기 농사에는 한 손을 떼고는 희짜를 뽑는 것이 아닌가!

 사실 말인즉, 춘호 처가 쇠돌 엄마에게 죽어도 아니 가려는 그

속 까닭은 정작 여기 있었다.

바로 지난 늦은 봄, 달이 뚫어지게 밝은 어느 밤이었다. 춘호가 보름 계추리*를 보러 산모퉁이로 나간 것이 이슥해도 돌아오지 않으므로 집에서 기다리던 아내가 이젠 자고 오려나 생각하고는 막 드러누워 잠이 들려니까, 웬 난데없는 황소 같은 놈이 뛰어들었다. 허둥지둥 춘호 처를 마구 깔다가 놀라서 으악 소리를 치는 바람에 그냥 달아난 일이 있었다. 어수룩한 시골 일이라 별반 풍설*도 아니 나고 쓱싹 되었으나, 며칠이 지난 뒤에야 그것이 동리의 부자 이 주사의 소행임을 비로소 눈치챘다.

그런 까닭으로 해서 춘호 처는 쇠돌 엄마와 직접 관계는 없단대도 그를 대하면 공연스레 얼굴이 뜨뜻해지고 무슨 죄나 진 듯이 어색하였다.

그리고 더욱이 쇠돌 엄마가,

"새댁, 나는 속곳이 세 개구, 버선이 네 벌이구, 행."

하며 아주 좋다고 한들대는 그 꼴을 보면 혹시 자기에게 함정을 두고서 비양거리는* 거나 아닌가, 하는 옥생각*으로 무안해서 고개를 못 들었다. 한편으로는 자기도 좀만 잘했다면 지금쯤은 쇠돌 엄마처럼 호강을 할 수 있었을, 그런 갸륵한 기회를 깝살려* 버린 자기 행동에 대한 후회와 애탄으로 말미암아 마음을 괴롭히는 그 쓰라림도 적지 않았다. 그러나 아무러한 욕을 보더

라도 나날이 심해 가는 남편의 무지한 매보다는 그래도 좀 헐할 게다. 오늘은 한맘 먹고 쇠돌 엄마를 찾아가려는 것이었다.

  춘호 처는 이번 걸음이 헛발이나 안 칠까 하는 일념으로 심화를 하며 수양버들이 쭉 늘어 박힌 논두렁길로 들어섰다. 그는 시골 아낙네로는 용모가 매우 반반하였다. 좀 야윈 듯한 몸매는 호리호리한 것이 소위 동리의 문자대로 외입깨나 하염직한 얼굴이었으되, 추레한 의복이며 퀴퀴한 냄새는 거지를 볼지른다. 그는 왼손 바른손으로 겨끔내기*로 치마귀를 여며 가며 속살이 삐질까 조심조심 걸었다. 감사나운 구름송이가 하늘 신폭을 휘덮고는 차츰차츰 지면으로 처져 내리더니 그예 산봉우리에 엉기어 살풍경*이 되고 만다. 먼 데서 개 짖는 소리가 앞뒷산을 한적하게 울린다. 빗방울은 하나둘 떨어지기 시작하더니 차차 굵어지며 무더기로 퍼부어 내린다.

  춘호 처는 길가에 늘어진 밤나무 밑으로 뛰어들어가 비를 그으며 쇠돌 엄마 집을 멀리 바라보았다. 북쪽 산기슭 높직한 울타리로 뼁 돌려 두르고 앉았는 오목하고 맵시 있는 집이 그 집이었다. 그런데 싸리문이 꼭 닫힌 걸 보면 아마 쇠돌 엄마가 농군청에 저녁 제누리를 나르러 가서 아직 돌아오지 않은 모양이었다.

그는 쇠돌 엄마 오기를 지켜보며 우두커니 서서 기다리고 있었다.

나뭇잎에서 빗방울은 뚝뚝 떨어지며 그의 뺨을 흘러 젖가슴으로 스며든다. 바람은 지날 적마다 냉기와 함께 굵은 빗발을 몸에 들이친다. 비에 쪼르륵 젖은 치마가 몸에 찰싹 휘감겨 허리로, 궁둥이로, 다리로, 살의 윤곽이 그대로 비쳐 올랐다.

무던히 기다렸으나 쇠돌 엄마는 오지 않았다. 하도 진력이 나서 하품을 해가며 정신없이 서 있노라니, 왼편 언덕에서 사람 오는 발자국 소리가 들린다. 그는 고개를 돌려 보았다. 그러나 날쌔게 나무 틈으로 몸을 숨겼다.

동이배를 가진 이 주사가 지우산*을 받쳐 쓰고는 쇠돌네 집을 향하여 엉덩이를 껍죽거리며 내려가는 길이었다. 비록 키는 작달막하나 숱 좋은 수염이라든지, 온 동리를 털어야 단 하나뿐인 탕건이든지, 썩 풍채 좋은 오십 전후의 양반이다. 그는 싸리문 앞으로 가더니 자기 집처럼 거침없이 문을 떠다밀고는 속으로 버젓이 들어가 버린다.

이것을 보니 춘호 처는 다시금 속이 편치 않았다. 자기는 개돼지같이 무시로 매만 맞고 돌아치는 천덕구니다. 안팎으로 겹귀염을 받으며 간들대는 쇠돌 엄마와 사람된 치수가 두드러지게 다름을 그는 알 수 있었다. 쇠돌 엄마의 호강을 너무나 부럽게

우러러보는 반동으로 자기도 잘만 했더라면 하는 턱없는 희망과 후회가 전보다 몇 갑절 쓰린 맛으로 그의 가슴을 찌푸려뜨렸다.

쇠돌네 집을 하염없이 건너다보다가 어느덧 저도 모르게 긴 한숨이 굴러 내린다. 언덕에서 쓸려 내리는 사탯물이 발등까지 개흙으로 덮으며 소리쳐 흐른다. 빗물에 푹 젖은 몸뚱어리는 점점 떨리기 시작한다.

그는 가볍게 몸서리를 쳤다. 그리고 당황한 시선으로 사방을 경계하여 보았다. 아무도 보이지는 않았다. 다시 시선을 돌려 그 집을 쏘아보며 속으로 궁리해 보았다. 안에는 확실히 이 주사뿐일 게다. 그때까지 걸렸던 싸리문이라든지 또는 울타리에 널은 빨래를 여태 안 걷어들인 것을 보면 어떤 맹세를 두고라도 분명히 이 주사 외의 다른 사람은 하나도 없을 것이다.

그는 마음놓고 비를 맞아 가며 그 집으로 달려들었다. 봉당으로 선뜻 뛰어오르며,

"쇠돌 엄마 기슈?" 하고 인기척을 내어 보았다.

물론 당자의 대답은 없었다. 그 대신 그 음성이 나자 안방에서 이 주사가 번개같이 머리를 내밀었다. 자기 딴은 꿈 밖이란 듯, 눈을 두리번 두리번하더니 옷 위로 불거진 춘호 처의 젖가슴, 아랫배, 넓적다리, 발등까지 슬쩍 음충히* 훑어보고는 거나한

낯으로 빙그레한다. 그리고 자기도 봉당으로 주춤주춤 나오며,
 "쇠돌 엄마 말인가? 왜 지금 막 나갔지. 곧 온댔으니 안방에 좀 들어가 기다렸으면……." 하고 매우 일이 딱한 듯이 어름어름한다.*
 "이 비에 어딜 갔에유?"
 "지금 요 밖에 좀 나갔지, 그러나 곧 올걸……."
 "있는 줄 알고 왔는디……."
 춘호 처는 이렇게 혼자말로 낙심하며 섭섭한 낯으로 머뭇머뭇하다가 그냥 돌아갈 듯이 봉당 아래로 내려섰다. 이 주사를 쳐다보며 물 차는 제비같이 산드러지게,*
 "그럼 요담에 오겠어유, 안녕히 계시유."
하고 작별의 인사를 올린다.
 "지금 곧 온댔는데, 좀 기다리지……."
 "담에 또 오지유."
 "아닐세, 좀 기다리게. 여보게, 여보게, 이봐!"
 춘호 처가 간다는 바람에 이 주사는 체면도 모르고 기가 올랐다. 허둥거리며 재간껏 만류하였으나 암만해도 안 될 듯싶다. 춘호 처가 여기에 찾아온 것도 큰 기적이려니와 뇌성벽력에 구석진 곳이겠다, 이렇게 솔깃한 기회는 두 번 다시 못 볼 것이다. 그는 눈이 뒤집혀 입에 물었던 장죽을 쑥 뽑아 방 안으로 치뜨

리고는 계집의 허리를 뒤로 다짜고짜 끌어안아서 봉당 위로 끌어올렸다.

계집은 몹시 놀라며,

"왜 이러서유, 이거 노세유" 하고 몸을 뿌리치려고 앙탈을 한다.

"아니, 잠깐만."

이 주사는 그래도 놓지 않으며 헝겁스러운* 눈짓으로 계집을 달랜다. 흘러내리는 고의춤을 왼손으로 연신 치우치며 바른팔로는 계집을 잔뜩 움켜잡고는 엄두를 못 내어 쩔쩔매다가 간신히 방 안으로 끙끙 몰아넣었다. 안으로 문고리는 재빠르게 채였다.

밖에서는 모진 빗방울이 배춧잎에 부딪치는 소리, 바람에 나무 떠는 소리가 요란하다. 가끔 양철통을 내려 굴리는 듯 거푸진 천둥 소리가 방고래*를 울리며 날은 점점 침침해 갔다.

얼마쯤 지난 뒤였다. 이만하면 길이 들었으려니, 안심하고 이 주사는 날숨을 후 하고 돌린다. 실없이 고마운 비 때문에 발악도 못 치고 앙살도 못 피우고 무릎 앞에 고분고분 늘어져 있는 계집을 대견히 바라보며 빙긋이 얼러 보았다. 계집은 온몸에 진땀이 쭉 흐르는 것이 꽤 더운 모양이다. 벽에 걸린 쇠돌 엄마의 적삼을 꺼내어 계집의 몸을 말쑥하게 훌닦기 시작한다. 발끝서

부터 얼굴까지……

"너, 열아홉이라지?" 하고 이 주사는 취한 얼굴로 얼근히 물어 보았다.

"니에" 하고 메떨어진* 대답.

계집은 이 주사 손에 눌려 일어나지도 못 하고 죽은 듯이 가만히 누워 있다.

이 주사는 계집의 몸뚱이를 다 씻기고 나서 한숨을 내뿜으며 담배 한 대를 턱 피워 물었다.

"그래, 요새도 서방에게 주리*경을 치느냐?" 하고 묻다가 아무 대답도 없으매,

"원 그래서야 어떻게 산단 말이냐, 하루 이틀이 아니고, 사람의 일이란 알 수 있는 거냐? 그러다 혹시 맞아 죽으면 정장 하나 해볼 곳 없는 거야. 허니, 네 명(命)이 아까우면 덮어놓고 민적을 가르는 게 낫겠지."

하고 계집의 신변을 위하여 염려를 마지않다가 번뜻 한 가지 궁금한 것이 있었다.

"너 참, 아이 낳았다 죽었다더구나?"

"니에."

"어디 난 듯이나 싶으냐?"

계집은 얼굴이 홍당무가 되어지며 아무 말 못 하고 고개를 외

면하였다.

이 주사도 그까짓 것 더 묻지 않았다. 그런데 웬 녀석의 냄새인지 무 생채 썩는 듯한 시크무레한 악취가 불시로 코청을 찌르니 눈살을 찌푸리지 않을 수 없다. 처음에야 그런 줄은 소통 몰랐더니 알고 보니까 비위가 족히 역하였다. 그는 빨고 있던 담배통으로 계집의 배꼽께를 똑똑히 가리키며,

"얘, 이 살의 때꼽 좀 봐라. 그래 물이 흔한데 이것 좀 못 씻는단 말이냐?"

하고 모처럼의 기분이 상한 것이 앵하단* 듯이 꺼림한 기색으로 혀를 찼다. 하지만 계집이 참다참다 이내 무안에 못 이겨 일어나 치마를 입으려 하니 그는 역정을 벌컥 내었다. 옷을 빼앗아 구석으로 동댕이를 치고는 다시 그 자리에 끌어 앉혔다. 그리고 자기 딸이나 책하듯이 아주 대범하게 꾸짖었다.

"왜 그리 계집이 달망대니? 좀 듬직지가 못하구……."

춘호 처가 그 집을 나선 것은 들어간 지 약 한 시간 만이었다. 비가 여전히 쭉쭉 내린다. 그는 진땀을 있는 대로 흠뻑 쏟고 나왔다. 그러나 의외로 아니 천행*으로 오늘 일은 성공이었다.

그는 몸을 솟치며 생긋하였다. 그런 모욕과 수치는 난생 처음 당하는 봉변으로, 지랄 중에도 몹쓸 지랄이었으나 성공은 성공

이었다. 복을 받으려면 반드시 고생이 따르는 법이니 이까짓 거야 골백 번 당한대도 남편에게 매나 안 맞고 의좋게 살 수만 있다면 그는 사양치 않을 것이다. 이 주사를 하늘같이, 은인같이 여겼다. 남편에게 부쳐먹을 농토를 줄 테니 자기의 첩이 되라는 그 말도 죄송하였으나, 더욱이 돈 이 원을 줄 테니 내일 이맘때 쇠돌네 집으로 넌지시 만나자는 그 말은 무엇보다도 고마웠고, 벅찬 짐이나 푼 듯 마음이 홀가분하였다. 다만 애 켜이는 것은 자기의 행실이 만약 남편에게 발각되는 나절에는 대매에 맞아 죽을 것이다.

그는 일변 기뻐하며, 일변 애를 태우며 자기 집을 향하여 세차게 쏟아지는 빗속을 가분가분 내리달렸다.

춘호는 아직도 분이 못 풀려 뿌루퉁하니 홀로 앉았다. 그는 자기의 고향인 인제를 등진 지 벌써 삼 년이 되었다. 해를 이어 흉작에 농작물은 말 못 되고, 따라 빚쟁이들의 위협과 악다구니*는 날로 심하였다. 마침내 하릴없이 집 세간살이를 그대로 내 버리고 알몸으로 밤도주하였던 것이다. 살기 좋은 곳을 찾는다고 나이 어린 아내의 손목을 이끌고 이 산 저 산을 넘어 표랑*하였다. 그러나 우정 찾아든 곳이 고작 이 마을이나, 산 속은 역시 일반이다.

어느 산골엘 가 호미를 잡아 보아도 정은 조그만치도 안 붙었

고, 거기에는 오직 쌀쌀한 불안과 굶주림이 품을 벌려 그를 맞을 뿐이었다. 터무니없다 하여 농토를 안 준다. 일 구멍이 없으매 품을 못 판다. 밥이 없다. 결국에 그는 피폐*해 가는 농민 사이를 감도는 엉뚱한 투기심에 몸이 달떴다.

　요사이 며칠 동안을 두고 요 너머 뒷산 속에서 밤마다 큰 노름판이 벌어지는 기미를 알았다. 그는 자기도 한몫 보려고 끼룩거렸으나, 좀체로 밑천을 만들 수가 없었다.

　이 원! 수나 좋아서 이 이 원이 조화만 잘한다면 금시 발복*이 못 된다고 누가 단언할 수 있으랴! 삼사십 원 따서 동리의 빚이나 대충 가리고 옷 한 벌 지어 입고는, 진저리나는 이 산골을 떠나려는 것이 그의 배포*였다. 서울로 올라가 아내는 안잠을 재우고, 자기는 노동을 하고, 둘이서 다부지게* 벌면 안락한 생활을 할 수가 있을 텐데, 이런 산구석에서 굶어 죽을 맛이야 없었다. 그래서 젊은 아내에게 돈 좀 해오라니까 요리 매낀 조리 매낀 매만 피하고 곁들어 주지 않으니 그 소행이 여간 괘씸한 것이 아니다.

　아내가 물에 빠진 생쥐 꼴을 하고 집으로 달려들자, 미처 입도 벌리기 전에 남편은 이를 악물고 주먹뺨을 냅다 붙인다.

　"너 이년, 매만 살살 피하고 어디 가 자빠졌다 왔니?"

　볼치 한 대를 얻어맞고 아내는 오기가 질려 벙벙하였다. 그래

도 직성이 못 풀려 남편이 다시 매를 손에 잡으려 하니, 아내는 질겁을 하여 살려 달라고 두 손으로 빌며 개신개신* 입을 열었다.

"낼 되유…… 낼. 돈, 낼 되유."

하며 돈이 변통*됨을 삼가 아뢰는 그의 음성은 절반이 울음이었다. 남편이 반신반의하여 눈을 찌긋하다가,

"낼?" 하고 목청을 돋웠다.

"네, 낼 된다유."

"꼭 되여?"

"네, 낼 된다유."

남편은 시골 물정에 능통한 만큼 난데없는 돈 이 원이 어디서 어떻게 되는 것까지는 추궁해 물으려 하지 않았다. 그는 적이* 안심한 얼굴로 방 문턱에 걸터앉으며 담뱃대에 불을 그었다. 그제야 아내도 비로소 마음을 놓고 감자를 삶으러 부엌으로 들어가려 하니, 남편이 곁으로 걸어오며 측은한 듯이 말했다.

"병 나, 방에 들어가 어여 옷이나 말려. 감자는 내 삶을게."

먹물같이 짙은 밤이 내렸다. 비는 더욱 소리를 치며 앙상한 그들의 방 벽을 앞뒤로 울린다. 천장에서 비는 새지 않으나 집 지은 지가 오래 되어 고래가 물러앉다시피 된 방이라, 도배를 못 한 방바닥에는 물이 스며들어 귀축축하다. 거기다 거적 두 잎만

덩그렇게 깔아 놓은 것이 그들의 침소였다. 석유불은 없어 캄캄한 바로 지옥이다. 벼룩은 사방에서 마냥 스멀거린다.

그러나 등걸잠*에 익숙한 그들은 천연스럽게 나란히 누워 줄기차게 퍼붓는 밤비 소리를 귀담아듣고 있었다. 가난으로 인하여 부부간의 애틋한 정을 모르고 나날이 매질로 불평과 원한 중에서 복대기던 그들도 이 밤에는 불시로 화목하였다. 단지 남의 품에 든 돈 이 원을 꿈꾸어 보고도…….

"서울 언제 갈라유?"

남편의 왼팔을 베고 누웠던 아내가 남편을 향하여 응석 비슷이 물어 보았다. 그는 남편에게 서울의 화려한 거리며 후한 인심에 대하여 여러 번 들은 바 있어 일상 안타까운 마음으로 몽상*은 해보았으나 실지 구경은 못 하였다. 얼른 이 고생을 벗어나 살기 좋은 서울로 가고 싶은 생각이 간절하였다.

"곧 가게 되겠지. 빚만 좀 없어도 가뜬하련만……."

"빚은 나중에 갚더라도 얼른 갑세다유."

"염려 없어. 이 달 안으로 꼭 가게 될 거니까."

남편은 썩 쾌히 승낙하였다. 딴은 그는 동리에서 일컬어 주는 질꾼으로 투전장의 가보쯤은 시루에서 콩나물 뽑듯 하는 능수였다. 내일 밤 이 원을 가지고 벼락같이 노름판에 달려가서 있는 돈이란 깡그리 모집어* 올 생각을 하니 그는 은근히 기뻤다.

그리고 교묘한 자기의 손재간을 홀로 뽐냈다.

"이번이 서울 처음이지?"

하며 그는 서울 바람 좀 한 번 쐬었다고 큰 체를 하며 팔로 아내의 머리를 흔들어 물어 보았다. 성미가 워낙 겁겁한지라 지금부터 서울 갈 준비를 착착 하고 싶었다. 그가 제일 걱정되는 것은 둠 구석에서 놔 자라먹은 아내를 데리고 가면 서울 사람에게 놀림도 받을 게고 거리끼는 일이 많을 듯싶었다. 그래서 서울 가면 꼭 지켜야 할 필수 조건을 아내에게 일일이 설명치 않을 수 없었다.

첫째, 사투리에 대한 주의부터 시작되었다. 농민이 서울 사람에게, '꼬라리'라는 별명으로 감잡히는 그 이유는 무엇보다도 사투리에 있을지니 사투리는 쓰지 말며, '합세'를 '하십니까'로, '하게유'를 '하오'로 고치되 말끝을 들지 말지라. 또 거리에서 어릿어릿하는* 것은 내가 시골뜨기요 하는 얼뜬* 짓이니, 갈 길은 재게 가고 볼 눈을 또릿또릿이 볼지라—하는 것들이었다. 아내는 그 끔찍한 설교를 귀담아들으며 모기 소리로 '네, 네'를 하였다.

남편은 두어 시간 가량을 샐 틈 없이 꼼꼼하게 주의를 다져 놓고는, 서울의 풍습이며 생활 방침 등을 자기의 의견대로 그럴싸하게 이야기하여 오다가 말끝이 어느덧 화장술에까지 이르게 되었다. 시골 여자가 서울에 가서 안잠을 잘 자 주면 몇 해 후에

소낙비 183

는 집까지 얻어 갖는 수가 있는데, 거기에는 얼굴이 예뻐야 한다는 소문을 일찍 들은 바 있어 하는 소리였다.
"그래서 날마다 기름도 바르고, 분도 바르고, 버선도 신고 해서 주인 마음에 썩 들어야……."
한참 신바람이 올라 주위 섬기다가 옆에서 쌔근쌔근 소리가 들리므로 고개를 돌려 보니, 아내는 이미 곯아져 잠이 깊었다.
"이런 망할 거, 남 말하는데 자빠져 잔담."
남편은 혼자 중얼거리며 바른팔을 들어 이마 위로 흐트러진 아내의 머리칼을 뒤로 쓰다듬어 넘긴다. 세상에 귀한 것은 자기의 아내! 이 아내가 만약 없었던들 자기는 홀로 어떻게 살 수 있었으려는가! 명색이 남편이며 이 날까지 옷 한 벌 변변히 못 해 입히고 고생만 짓시킨 그 죄가 너무나 큰 듯 가슴이 뻐근하였다. 그는 왈살스러운 팔로다 아내의 허리를 꼭 껴안아 자기 앞으로 바특이* 끌어당겼다.
밤새도록 줄기차게 내리던 빗소리가 아침에 이르러서야 겨우 그치고 점심때에는 생기로운 볕까지 들었다. 쿨렁쿨렁 논물 나는 소리는 요란히 들린다. 시내에서 고기 잡는 아이들의 고함이며, 농부들의 희희낙락한 메나리*도 기운차게 들린다.
비는 춘호의 근심도 씻어 간 듯 오늘은 그에게도 즐거운 빛이 보였다.

"저녁 제누리 때 되었을걸, 얼른 빗고 가 봐."
그는 갈증이 나서 아내를 자꾸 재촉하였다.
"아직 멀었어유."
"먼 게 뭐야, 늦었어."
"뭘!"

아내는 남편의 말대로 벌써부터 머리를 빗고 앉았으나 원체 달포나 아니 가리어 엉클은 머리가 시간이 꽤 걸렸다. 그는 호랑이 같은 남편과 오래간만에 정다운 정을 바꾸어 보니 근래에 볼 수 없는 희색이 얼굴에 떠돌았다. 어느 때에는 맥쩍게 생글생글 웃어도 보았다.

아내가 꼼지락거리는 것이 보기에 퍽이나 갑갑하였다. 남편은 아내 손에서 얼레빗*을 쑥 뽑아 들고는 시원스레 쭉쭉 내려 빗긴다. 다 빗긴 뒤, 옆에 놓은 밥사발의 물을 손바닥에 연신 칠해 가며 머리에다 번지르하게 발라 놓았다. 그래 놓고 위에서부터 머리칼을 재워 가며 맵시 있게 쪽을 딱 찔러 주더니, 오늘 아침에 한사코 공을 들여 삼아 놓았던 짚신을 아내의 발에 신기고 주먹으로 자근자근 골을 내주었다.

"인제 가 봐!" 하다가,

"바루 곧 와, 응?" 하고 남편은 그 이 원을 고이 받고자 손색 없도록, 실패 없도록 아내를 모양 내어 보냈다.

땡볕

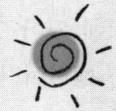

덕순이는 그 유언이 너무 처량하여 눈에 눈물이 핑 돌아 가지고는 지게를 도로 지고 일어선다. 얼른 갖다 눕히고 죽이라두 한 그릇 더 얻어다 먹이는 것이 남편의 도릴 게다. 때는 중복 허리의 쇠뿔도 녹이려는 뜨거운 땡볕이었다. 덕순이는 빗발같이 내리붓는 얼굴의 땀을 두 손으로 번갈아 훔쳐 가며 끙끙 내려올 제, 아내는 지게 위에서 그칠 줄 모르는 그 수많은 유언을 차근차근 남기자, 울자, 하는 것이다.

땡볕

　우람스레 생긴 덕순이는 바른팔로 왼편 소맷자락을 끌어다 콧등의 땀방울을 훑고는 통안 네거리에 와 다리를 딱 멈추었다. 더위에 익어 얼굴이 벌거니 사방을 둘러본다. 중복 허리*의 뜨거운 땡볕이라 길 가는 사람은 저편 처마 끝으로만 배앵뱅 돌고 있다. 지면은 번들번들히 닳아 자동차가 지날 적마다 숨이 탁 막힐 만큼 무더운 먼지를 풍겨 놓는 것이다.
　덕순이는 아무리 찾아보아도 자기가 길을 물어 좋을 만큼 그렇게 여유 있는 얼굴이 보이지 않음을 알자, 소맷자락으로 또 한 번 땀을 훑어 본다. 그리고 거북한 표정으로 벙벙히 섰다. 때마침 옆으로 지나는 어린 깍쟁이에게 공손히 손짓을 한다.
　"얘! 대학 병원을 어디루 가니?"
　"이리루 곧장 가세요."
　덕순이는 어린 깍쟁이가 턱으로 가리킨 대로 그 길을 북으로 접어들며 다시 내걷기 시작한다. 내딛는 한 발짝마다 무거운 지게는 어깨에 박히고 등줄기에서 쏟아져 내리는 진땀에 궁둥이는 쓰라릴 만큼 물렀다. 속 타는 불김을 입으로 불어 가며 허덕지덕 올라오다 엄지손가락으로 코를 힝 풀어 그 옆 전봇대 허리에 쓱 문댈 때에는 그는 어지간히 가슴이 답답하였다. 당장 지게를 벗어 던지고 푸른 그늘에 가 나자빠지고 싶은 생각이 굴뚝 같으련만 그걸 못 하니 짜증이 안 날 수 없다. 골피를 찌푸려 데퉁스레,

"빌어먹을 거! 왜 이리 무거워!"

하고 내뱉으려 하였으나, 그러나 지게 위에서 무색해질 아내를 생각하고 꾹 참아 버린다. 제 속으로 끙끙거리다 겨우,

"에이, 더웁다!"

하고 자탄이 나올 적에는 더는 갈 수가 없었다.

덕순이는 길가 버들 밑에다 지게를 벗어 놓고는 두 손으로 적삼섶을 흔들어 땀을 들인다. 바람기 한 점 없는 거리는 그대로 타붙었고 그 위의 모래만 이글이글 달아 간다. 하늘을 쳐다보았으나 좀체로 비맛은 못 볼 듯싶어 바상바상한 입맛을 다시고 섰을 때 별안간 댕댕 소리와 함께 발등에 물을 뿌리고 물차가 지나가니 그는 비로소 살은 듯이 정신기가 반짝 난다. 적삼 호주머니에 손을 넣어 곰방대를 꺼내 물고 담배 한 대 붙일려고 하였으나 홀쭉한 쌈지에는 어제부터 담배 한 알 없었던 것을 다시 깨닫고 역정스레 도로 집어넣는다.

"꽁무니가 배기지 않어?"

덕순이는 이렇게 아내를 돌아보다,

"괜찮어요."

하고 거의 죽어 가는 상으로 글썽글썽 눈물이 고인 아내가 딱하였다. 두 달 동안이나 햇빛 못 본 얼굴은 누렇기 시들었고, 병약한 몸으로 지게 위에 앉아 까댁이는 양이 금시라도 꺼질 듯싶은

그 아내였다.

덕순이는 아내를 이윽히 노려보다,

"아, 울긴 왜 우는 거야?"

하고 눈을 부라렸으나,

"병원 가면 짼대겠지요."

"째긴 아무거나 덮어놓고 째나? 연구한다니까!"

하고 되도록 아내를 안심시킨다. 그러나 덕순이 생각에는 째든 말든 그건 차치해 놓고* 우선 먹어야 산다고,

"왜 기영이 할아버지의 말씀 못 들었어?"

"병원서 월급을 주구 고쳐 준다는 게 정말인가요?

"그럼, 노인이 설마 거짓말을 헐라구. 그래 시방두 대학 병원의 이등 박산가 뭐가 열네 살 된 조선 아이가 어른보다도 더 부대*한 걸 보구 하두 이상한 병이라구 붙잡아 들여서 한 달에 십 원씩 월급을 주고, 그뿐인가 먹이구 입히구 이래 가며 지금 연구하구 있대지 않어?"

"그럼 나두 허구헌 날 늘 병원에만 있게 되겠구려?"

"인제 가 봐야 알지, 어떻게 되는지."

이렇게 시원스레 받기는 받았으나 덕순이 자신 역시 기영 할아버지의 말을 꽉 믿어서 좋을지가 의문이었다. 시골서 올라온 지 얼마 안 되는 그로서는 서울일이라 혹 알 수 없을 듯싶어 무

료 진찰권을 내온 데 더 되지 않았다. 그렇다 하더라도 병이 괴상하면 할수록 혹은 고치기가 어려우면 어려울수록 월급이 많다는 것인데 영문 모를 아내의 이 병은 얼마짜리나 되겠는가고 속으로 무척 궁금하였다. 아이가 십 원이라니 이건 한 십오 원쯤 주겠는가, 그렇다면 병 고치니 좋고, 먹으니 좋고, 두루두루 팔짜를 고치리라고 속 안으로 육조배판을 느리고 섰을 때,

"여보십쇼! 이 채미 하나 잡숴 보십쇼."

하고 저만치서 참외를 벌여 놓고 앉아 있는 아이가 시선을 끌어간다. 길쭘길쭘하고 싱싱한 놈들이 과연 뜨거운 복중에 하나 벗겨들고 으썩 깨물어 봄직한 참외였다. 덕순이는 참외를 이놈 저놈 멀거니 물색해 보다 쌈지에 든 잔돈 사 전을 얼른 생각은 하였으나, 다음 순간에 그건 안 될 말이리라고 꺽진* 마음으로 시선을 걷어 온다. 사 전에 일 전만 더 보태면 희연 한 봉이 되리라고 어제부터 잔뜩 꼽여쥐고 오던 그 사 전, 이걸 참외값으로 녹여서는 사람이 아니다.

"지게를 꼭 붙들어!"

덕순이는 지게를 지고 다시 일어나며 그 십오 원을 생각했던 것이니 그로서는 너무도 벅찬 희망의 보행이었다.

덕순이는 간호부가 지도해 주는 대로 산부인과 문 밖에서 제

차례가 돌아오기를 기다리고 있었다.

 아내는 남편이 업어다 놓은 대로 걸상에 가 번듯이 늘어져서 괴로운 숨을 견디지 못한다. 요량 없이 부어오른 아랫배를 한 손으로 치마째 걷어 안고는 매 호흡마다 간댕거리는 야윈 고개로 가쁜 숨을 돌리고 있는 것이다. 게다가 수술실에서 들것으로 담아내는 환자의 피고름이 섞인 쓰레기통을 보는 것은 그로 하여금 해쓱한 얼굴로 이를 떨도록 하기에는 너무도 충분한 풍경이었다.

 "너무 그렇게 겁내지 말아. 그래두 다 죽을 사람이 병원엘 와야 살아 나가는 거야."

 덕순이는 아내를 위안하기 위하여 이런 소리도 하는 것이나 기실 아내 못지않게 저로도 조바심이 적지 않았다. 아내의 이 병이 무슨 병일까, 짜장 기이한 병이라서 월급을 타 먹고 있게 될 것인가, 또는 아내의 병을 씻은 듯이 고쳐 줄 수가 있겠는가, 겸삼수삼 모두가 궁거웠다.

 이 생각 저 생각으로 덕순이는 아내의 상체를 떠받쳐 주고 있다가 우연히도 맞은편 타구 옆땡이에 가 떨어져 있는 궐련 꽁댕이에 한눈이 팔린다. 그는 사방을 잠깐 살펴보고 휭허케 가서 집어다가는 곰방대에 피워 물며 제 차례를 기다렸으나 좀체로 불러 주질 않는 것이다.

 이렇게 하여 그들은 허무히도 두 시간을 보냈다.

　한 점을 사십 분 가량 지났을 때 간호부가 다시 나와 덕순이 아내의 성명을 외는 것이다.
　"네! 여기 있습니다!"
　덕순이는 허둥지둥 아내를 들쳐업고 진찰실로 들어갔다.
　간호부 둘이 달겨들어 우선 옷을 벗기고 주무를 제 아내는 놀란 토끼와 같이 조그맣게 되어 떨고 있었다. 코를 찌르는 무더운 약내에 소름이 끼치기도 하려니와 한쪽에 번쩍번쩍 늘여 놓인 기계가 더욱이 마음을 조이게 하는 것이다. 아내가 너무 병신스레 떨므로 옆에 섰는 덕순이까지도 겸연쩍지 않을 수 없었다. 아내의 한 팔을 꼭 붙들어 주고, 집에서 꾸짖듯이 눈을 부릅떠,
　"뭐가 무섭다구 이래?"
하고는 유리판에서 기계 부딪는 젤그럭 소리에 등줄기가 다 섬찍할 제,
　"언제부터 배가 이래요?"
　간호부가 뚱뚱한 의사의 말을 통변한다.
　"자세히는 몰라두……."
　덕순이는 이렇게 머리를 긁고는, 아마 이토록 부르기는 지난 겨울부턴가 봐요. 처음에는 이게 애가 아닌가 했던 것이 그렇지두 않구요, 애라면 열 달에 날 텐데,
　"열석 달이나 가는 게 어딨습니까?"

하고는 아차 애니 뭐니 하는 건 괜히 지껄였군, 하였다. 그래 의사가 무어라고 또 입을 열 수 있기 전에 얼른 뒤미처,

"아무두 이 병이 무슨 병인지 모른다구 그래요, 난생 처음 본다구요."

하고 몇 마디 더 엮었다.

덕순이는 자기네들의 팔짜를 고칠 수 있고 없고가 이 순간에 달렸음을 또 한 번 깨닫고 열심히 의사의 입만 쳐다보고 있는 것이다. 마는, 금테 안경 쓴 의사는 그리 쉽사리 입을 열려 하지 않았다. 몇 번을 거듭 주물러 보고, 두드려 보고, 들어 보고, 이러기를 얼마 한 다음 시덥지 않게 저쪽으로 가 대야에 손을 씻어 가며 간호부를 통해 하는 말이,

"이 뱃속에 어린애가 있는데요, 나오려다 소문*이 적어서 그대로 죽었어요. 이걸 그냥 둔다면 앞으로 일 주일을 못 갈 것이니 불가불 수술은 해야겠으나 또 그 결과가 반드시 좋다고 단언*할 수도 없는 것이며, 배를 가르고 아이를 꺼내다 만일 사불여의*하여 불행을 본다더라도 전혀 관계없다는 승낙만 있으면 내일이라도 곧 수술을 하겠어요."

하고 나이 어린 간호부는 조금도 거리낌 없는 어조로 줄줄 쏟아 놓다가,

"어떻게 하실 테야요?"

"글쎄요……."

덕순이는 이렇게 얼떨떨한 낯으로 다시 한 번 뒤통수를 긁지 않을 수 없었다.

간호부의 말이 무슨 소린지 다는 모른다 하더라도 속대중으로 저쯤은 알아챘던 것이니, 아내의 생명이 위험하다는 그 말이 두렵기도 하려니와 겨우 아이를 뱄다는 것쯤, 연구거리는 못 되는 병인 양 싶어 우선 낙심하고 마는 것이다. 허나, 이왕 버린 노릇이매,

"그럼 먹을 것이 없는데요."

"그건 여기서 입원시키고 먹일 것이니까 염려 마셔요."

"그런데요, 저……."

하고 덕순이는 열적은 낯을 무얼로 가릴지 몰라 주뼛주뼛,

"월급 같은 건 안 주나요?"

"무슨 월급이요?"

"왜 여기서 병을 고치면 월급을 주는 수도 있다지요."

"제 병 고쳐 주는데 무슨 월급을 준단 말이오?"

하고 민망스럽게도 톡 쏘는 바람에 덕순이는 얼굴이 그만 벌개지고 말았다. 팔짜를 고치려던 그 계획이 완전히 어그러졌음을 알자, 그의 주린 창자는 다시금 척 꺾이며 두꺼운 손으로 이마의 진땀이나 훑어 보는 수밖에 별 도리가 없는 것이다. 허나 아

땡볕 195

내의 생명은 어차피 건져야 하겠기로 공손히 허리를 굽신하며,
"그럼 낼 데리고 올 테니 어떻게 해주십시오."
하고 되도록 빌붙어 보았던 것이, 그때까지 끔찍끔찍한 소리에 얼이 빠져서 멀뚱히 누웠던 아내가 별안간 기겁을 하여 일어나 살뚱맞은* 목성으로,
"나는 죽으면 죽었지 배는 안 째요!"
하고 얼굴이 노랗게 되는 데는 더 할 말이 없었다. 죽이더라도 제 원대로나 죽게 하는 것이 혹은 남편된 사람의 도리일지도 모른다. 아내의 꼴에 하도 어이가 없어,
"죽는 거 보담이야 수술을 하는 게 좀 낫겠지요!"
비소*를 금치 못하고 섰는 간호부와 의사가 눈에 보이지 않도록, 덕순이는 시선을 외면하여 뚱싯뚱싯* 아내를 업고 나왔다. 지게 위에 올려놓은 다음 엎디어 다시 지고 일어나려니 이게 웬일일까 아까 오던 때와는 갑절이나 무거웠다.

덕순이는 얼마 전에 희망이 가득히 차 올라가던 길을 힘 풀린 걸음으로 터덜터덜 내려오고 있었다. 보지는 않아도 지게 위에서 소리를 죽여 훌쩍훌쩍 울고 있는 아내가 눈앞에 환한 것이다. 학식이 많은 의사는 일자무식인 덕순이 내외보다는 더 많이 알 것이니 생명이 한 이레를 못 가리라면 그 말을 어찌해 볼 도리가 없다. 이제 남은 것은 우중충한 그 냉골에 갖다 다시 눕혀

놓고 죽을 때나 기다리고 있을 따름이었다.

덕순이는 눈 위로 덮는 땀방울을 주먹으로 훔쳐 가며 장차 캄캄해 올 그 전도를 생각해 본다. 서울을 장대고 왔던 것이 벌이도 제대로 안 되고 게다가 이젠 아내까지 잃는 것이다. 지에미 붙을! 이놈의 팔자가, 하고 딱한 탄식이 목을 넘어오다 꽉 깨무는 바람에 한숨으로 터져 버린다.

한나절이 되자 더위는 더 한층 무서워진다.

덕순이는 통째 짓무를 듯싶은 등어리를 견디지 못하여 먼젓번에 쉬어 가던 나무 그늘에 지게를 벗어 놓는다. 땀을 들여 가며 아내를 가만히 내려다보니 그 동안 고생만 시키고 변변히 먹이지도 못 했던 것이 갑자기 후회가 나는 것이다. 이럴 줄 알았더라면 동넷집 닭이라도 훔쳐다 먹였을 걸 싶어,

"울지 말아, 그것들이 뭘 아나? 제까짓 게!"

하고 소리를 빽 지르고는,

"채미 하나 먹어 볼 테야?"

"채민 싫어요."

아내는 더위에 속이 탔음인지 행길 건너 저쪽 그늘에서 팔고 있는 얼음 냉수를 손으로 가리킨다. 남편이 한 푼 더 보태어 담배를 사려던 그 돈으로 얼음 냉수를 한 그릇 사다가 입에 먹여까지

주니 아내도 황송하여 한숨에 들이킨다. 한 그릇을 다 먹고 나서 하나 더 사다 주랴 물었을 때 이번에는 왜떡*이 먹고 싶다 하였다. 덕순이는 이것이 마지막이라는 생각으로 나머지 돈으로 왜떡 세 개를 사다 주고는, 그래도 눈물도 씻을 줄 모르고 그걸 오직오직 깨물고 있는 아내를 이윽히 바라보고 있었다. 그러다 아내가 무슨 생각을 하였는지 왜떡을 입에 문 채 훌쩍훌쩍 울며,

"저 사촌 형님께 쌀 두 되 꿔다 먹은 거 부디 잊지 말구 갚우."
하고 부탁할 제 이것이 필연 아내의 유언이라 깨닫고는,
"그래 그건 염려 말아!"
"그러구 임자 옷은 영근 어머니더러 사정 얘길 하구 좀 빨아 달래우."
하고 이야기를 곧잘 하다가 다시 입을 일그리고 훌쩍울쩍 우는 것이다.

덕순이는 그 유언이 너무 처량하여 눈에 눈물이 핑 돌아 가지고는 지게를 도로 지고 일어선다. 얼른 갖다 눕히고 죽이라두 한 그릇 더 얻어다 먹이는 것이 남편의 도릴 게다.

때는 중복 허리의 쇠뿔도 녹이려는 뜨거운 땡볕이었다.

덕순이는 빗발같이 내리붓는 얼굴의 땀을 두 손으로 번갈아 훔쳐 가며 끙끙 내려올 제, 아내는 지게 위에서 그칠 줄 모르는 그 수많은 유언을 차근차근 남기자, 울자, 하는 것이다.

십대들을 위한
감상의 길잡이

■ 김유정 문학 자세히 읽기
　비극적 현실의 해학적 풍자

　　　　　　　　■ 김유정 문학사전

■ 논술 포인트 10

(김유정 문학 자세히 읽기)

비극적 현실의 해학적 풍자

오태호(문학평론가)

1. 머리말

 김유정(金裕貞, 1908~1937)의 소설은 애틋하다. 그 애틋함은 일제 강점하의 1930년대 농촌의 피폐한 현실 세계로 독자를 이끌면서 강화된다. 김유정이 그려낸 당시의 가난한 농투성이들의 삶은 바로 우리 민족의 원형에 가까운 모습을 보인다는 점에서 한국인의 근원적 정서를 자극하는 것이다.

▲ 김유정.

 김유정은 한국 농촌문학의 첫머리에 놓이는 작가 중의 한 사람이다. 습작기간을 포함하여 불과 5년 정도밖에 활동하지 않았음에도 불구하고, 김유정은 문학작품을 통해 1930년대 중반 일제 강점의 암울하고 가난한 농촌 현실을, 때로는 해학과 풍자로, 때로는 현실적 비애와 물질적·성적 욕망이 중첩된 모습으로 형상화해냈다. 그리하여 우리는 김유정의 작품 속에서 향토적 서정의 세계를 흠씬 세례 받는 혜택을 누릴 수 있었으며, 강원도 두메 산골을 배경으로 토속적 정서가 어우러지면서 생동감 있는 인물들을 만날 수 있었다.

김유정의 소설은 지금까지 크게 몇 가지 점에서 주목을 받아 왔다. 첫째, 방언과 비속어의 적절한 사용을 통해 구어체 문장을 활용하고 있다는 점, 둘째 주된 공간적 배경이 두메 산골이라는 점에서 향토적 서정성과 현실적 비애미를 작품 면면에 뿜어내고 있다는 점, 셋째 가난한 일제 강점의 농촌 현실 속에서도 체념하지 않고 해학적 풍자의 방식을 겸비하고 있다는 점, 넷째 공동체의 원형적 공간인 농촌 생활 속에서 벌어지는 인간의 다양한 욕망 문제에 천착하고 있다는 점 등이 그것이다.

이 글에서는 작품 내용을 몇 개의 중심 모티프로 나누어 살펴보고자 한다. 첫째, '아내 얻기'의 모티프를 통해 당시의 궁핍한 현실 속에서도 가족을 형성하기 위해 노력했던 모습을 살펴보고, 둘째, 가난 극복에 대한 대응 방식을 '들병이'라는 소재의 다양한 활용을 통해 살펴보고, 셋째, '금광 캐기'라는 모티프를 통해 가난 극복을 향한 경제적 수직 상승에의 욕망을 살펴보고, 넷째, 비참한 식민지의 현실적 모습을 통해 비극적 현실 인식을 살펴보고, 다섯째, 청춘 남녀의 순박한 사랑을 중심으로 한 작품들

▲ 조카, 둘째 누이와 함께 한 김유정(뒷줄 왼쪽).

(김유정 문학 자세히 읽기)

을 살펴보고자 한다.

2. 아내를 얻어 가족 구성하기

김유정의 소설에는 가난한 농촌 총각이 한 가족을 구성하기 위해 아내를 얻고자 노력하는 모습을 그린 작품이 상당수 등장한다. 가족의 원형인 '부부'는 성적 욕망의 합리적 해소를 위한 기본 관계이기도 하면서, 농촌 사회 현실에서는 혈연적 유대감의 지속 속에 노동력의 확보를 위한 근본적 토대가 되기도 한다. 그러나 일제 강점하의 왜곡된 근대화 과정은 유이민의 확산을 가져오면서, 농민들로 하여금 '가족 구성하기'의 난관에 봉착하게 만든다. 이러한 문제 의식은 김유정의 「산골 나그네」「총각과 맹꽁이」「봄봄」「가을」 등의 작품에서 '아내 얻기' 모티프로 활용된다.

김유정의 첫 발표작인 「산골 나그네」에서 농사를 짓는 덕돌이는 술집을 하는 홀어머니와 단둘이 산골짜기에서 지내고 있다. 그러던 중, 어느 날 거렁뱅이 옷차림을 한 여자 나그네가 하룻밤만 묵어 간다며 찾아온 뒤, '들병이' 역할을 시키던 나그네와 덕돌이가 결혼을 하기에 이른다. 그러나 결국 나그네는 병든 남편이 있는 여자였고, 그 둘은 옷가지를 챙겨 덕돌이네 집에서 도망을 치게 된다. 덕돌이와 홀어머니의 모습은 근근이 입에 풀칠하며 살아가는 가난한 산골 생활을 보여준다는 점에서 당대 농촌 현실의 비극성을 보여준다. 거기에서 한 걸음 나아가 병든 남편과 나그네의 떠돌이 생활 모습은 일제 강점하에 농촌 수탈의 현실이 얼마만큼 심각한 사회문제(유랑민의 확산)를 야기시키고 있는가를 극명히 보여준다고 하겠다.

「산골 나그네」에서 '아내 얻기'의 모티프가 당대 현실에 대한 비애미를 확인시켜 주는 작품이라면, 「총각과 맹꽁이」는 우직스런 덕만이를 비롯한 친구들의 모습을 통해 소작농의 비극적 현실과 인간의 이기적 성욕을 드러낸 작품이라고 볼 수 있다. 이 작품에서 덕만이는 품앗이를 하다가 뭉태로부터 들병이가 왔다는 소식을 듣고, 노총각 신세를 면해 보고자 자신이 술값을 낼 테니 뭉태에게 이야기를 잘해 달라고 부탁한다. 하지만, 저녁 술좌석에서 뭉태는 들병이를 혼자 독차지하고 만다. 동이 터올 무렵이 되어서는 깜둥이 총각마저 들병이에게 달려든다. 결국 덕만이는 자신만이 맹꽁이가 되어 버렸음을 깨달으며 맹꽁이 소리를 들으면서 집으로 돌아오게 된다.

노총각 소작농인 덕만이의 '아내 얻기'가 실패로 돌아간 것은 표면적으로는 뭉태 등의 이기적 욕망 채우기 때문이지만, 결국 들병이조차 아내로 맞아들이기 힘든 농촌 현실의 아이러니를 보여준다는 점에서 당대 현실의 비극성을 강렬히 전파하고 있는 작품이라고 할 수 있다.

「봄봄」의 경우는 「산골 나그네」와 「총각과 맹꽁이」의 비극성을 그대로 내재하면서도 해학적 결말을 유도한다는 점에서 김유정의 특질을 가장 잘 드러내 주는 작품이다. 나는 데릴사위로 마름댁에 들어가지만 새경은 받지 못한 채 삼 년 칠 개월이나 머슴살이를 하게 된다. 점순이의 요구도 있고 해서 장인을 붙잡고 늘어져 보지만 오히려 점순이와 장모는 장인 편을 든다.

(김유정 문학 자세히 읽기)

　"아! 아! 이놈아! 놔라, 놔."
　장인님은 헛손질을 하며 솔개미에 챈 닭의 소리를 연해 질렀다. 놓긴 왜, 이왕이면 호되게 혼을 내주리라 생각하고 짖궂게 더 당겼다. 마는 장인님이 땅에 쓰러져서 눈에 눈물이 피잉 도는 것을 알고 좀 겁도 났다.
　"할아버지! 놔라, 놔, 놔, 놔, 놔?"
　그래도 안 되니까,
　"얘, 점순아! 점순아!"
　이 악장에 안에 있던 장모님과 점순이가 헐레벌떡하고 단숨에 뛰어나왔다. 나의 생각에 장모님은 제 남편이니까 역성을 할지도 모른다. 그러나 점순이는 내 편을 들어서 속으로 고소해 하겠지, 대체 이게 웬 속인지 (지금까지도 난 영문을 모른다) 아버질 혼내 주기는 제가 내래 놓고 이제 와서는 달려들며,
　"에그머니! 이 망할 게 아버지 죽이네!" 하고 내 귀를 뒤로 잡아당기며 마냥 우는 것이 아니냐.
　　　　　　　　　　　　　　　　　　　―「봄봄」

　인용문에서 확인할 수 있듯이, 점순이의 부추김에 힘입어 나는 장인을 붙들고 늘어진다. 하지만, 오히려 나는 점순이와 장모님에게 호되게 혼이 날 뿐이다. 결국, 장인의 이기적 속셈과 점순이의 나에 대한 이중적 감정 표현, 데릴사위인 나의 우직함이 맞물려 이 작품은 해학적 결말을 내릴 수 있는 것이다.
　마름집 딸과 마름댁 머슴(데릴 사위)이라는 계급적 갈등을 소재로 차용하고 있음에도 불구하고, 그 계급적 차이를 현실적 벽으로 인정하기보다는 우직한 나를 통해 풍자적 해학으로 작품

을 형상화하고 있다는 점에서 김유정의 독특한 아이러니 기법을 확인하게 한다.

「산골 나그네」「총각과 맹꽁이」「봄봄」 등의 작품은 '아내 얻기' 모티프를 통해 당대 식민지 현실 속에서 정상적인 '가족 만들기'가 상당히 어려웠음을 드러내면서, 식민지 조선의 비극적 현실을 풍자적 방식으로 보여주고 있는 것이다. 반면,「가을」에서 소장수인 황거풍이 복만이의 아내를 돈으로 주고 사는 모습은 '가족 구성'의 문제가 급기야 도덕적 타락 끝에, 경제적 문제에 예속되어 버릴 수밖에 없는 비참한 현실임을 보여준다. 하지만 가난한 집의 '남의 아내'를 나의 아내로 맞아들이는 현실은 타락한 성윤리의 문제이기에 앞서, 오히려 경제적 궁핍에서 비롯된 착취 현실을 풍자하는 장치라고 하겠다.

이상에서 살펴본 '아내 얻기' 모티프는, '가족 구성하기'조차 정상적으로 이루어질 수 없는 일제 강점하의 해체된 농촌 현실을 비극적으로 형상화하기 위한 장치가 되는 것이다. 그렇다면 해체된 농촌 현실 속에서 경제적으로 궁핍함을 벗어나기 위한 하층민의 노력은 어떠한 모습을 띨 것인가.

3. '들병이'를 통한 가난 극복하기

식민지 조선의 농촌 현실에서 가장 큰 화두는 먹을거리의 확보를 통한 가난의 극복이다. 실상 민초들의 가난은 개인의 문제이기보다는 사회의 구조적 모순에서 기인한 것이지만, 김유정의 소설에 등장하는 무지렁이 농사꾼들은 그러한 모순을 인식

(김유정 문학 자세히 읽기)

하지 못함으로써 즉자적 대응 방안을 찾을 수밖에 없는 모습으로 형상화된다. '들병이' 모티프는 그러한 풍자적 장치의 하나인데, 「산골 나그네」 「총각과 맹꽁이」 「솥」 「아내」 등의 작품에서 우리는 '들병이'의 모습을 확인할 수 있다.

「산골 나그네」에서는 술집에 손님이 거의 없다가, 들병이를 들여왔다는 풍문을 접한 동네 총각들이 덕돌이의 집으로 갑자기 몰려들어 성황을 이루게 된다. 또한, 「총각과 맹꽁이」에서는 서로 품앗이를 해주면서 아픔을 함께 나누던 친구들이, 들병이를 가운데 두고 탐욕스럽게 자신의 욕망만을 채우고자 한다. 결국 들병이의 문제는 단순히 음주문화의 폐단이라는 문제가 아니라, 당대 식민지 조선의 농촌 현실 속에서 하층민들의 가난과 욕망의 모순적 결합을 확인하게 하는 소재로 활용되고 있는 것이다.

이러한 '들병이' 모티프에 대한 활용은 「솥」과 「아내」에서는 다른 방식으로 변주된다. 「솥」에서 근식이는 들병이인 계숙이와 함께 마을을 떠나기로 마음먹고, '사 년 전 아내를 맞아들일 때 행복을 계약하던 솥'까지 계숙이에게 갖다 바친다. 그러나 계숙이의 남편이 짐을 들고 계숙이와 떠나는 것을 본 근식이는, 아내가 자기네 솥이라며 계숙이와 다투는 모습을 보면서 울상을 짓는다. 현실적으로 농사를 통해 먹을거리를 해결하기 힘든 현실은 한 가족의 가장으로 하여금 아내를 버리고 들병이를 따라나설 마음까지 먹게 하는 것이다. 이러한 설정은 당대의 피폐한 현실의 막막함을 풍자적으로 드러내고 있다고 할 수 있다.

이러한 막막한 현실에 대한 인식은 「아내」에 이르면 비극적 해학성을 띠게 된다. 나뭇짐 장수인 '나'는 박색의 아내에게 손쉬운 돈벌이를 위해 들병이를 시키려고 창가까지 배우게 하지만, 뭉태가 아내를 농락하는 모습을 보고 생각을 단념하게 된다.

> 년의 꼴 봐 하니 행실은 예전에 글렀다. 이년하고 들병이로 나갔다가는 넉넉히 나는 한 옆에 재워 놓고 딴 서방 차고 달아날 년이다. 너는 들병이로 돈 벌 생각도 말고 그저 집안에 가만히 앉았는 것이 옳겠다. 국으로 주는 밥이나 얻어먹고 몸 성히 있다가 연해 자식이나 쏟아라. 뭐 많이도 말고 굴때 같은 아들로만 한 열다섯이면 족하지. 가만 있자, 한 놈이 일 년에 벼 열 섬씩만 번다면 열다섯 놈이니까 일백오십 섬. 한 섬에 더도 말고 십 원 한 장씩만 받는다면 죄다 일천오백 원, 일천오백 원, 사실 일천오백 원이면 어이구 이건 참 너무 많구나. 그런 줄 몰랐더니 이년이 뱃속에 일천오백 원을 지니고 있으니까 아무렇게 따져도 나보담은 낫지 않은가.
> ─「아내」

인용문의 해학적 결말을 통해 확인할 수 있듯이, 들병이는 당대 한국 사회에서 이중적 의미를 띤다고 할 수 있다. 하나는 술좌석의 여흥을 돋구는 대상화된 여성으로서의 역할을 띠고 있다는 것이고, 또 다른 하나는 경제적 이윤을 남길 수 있는 상품화된 직업 여성으로서의 역할을 띠기도 한다는 것이다.

들병이를 통해 가난을 극복해 보고자 하는 경제적 하층민들의 노력이, 표면적으로는 무지렁이들의 왜곡된 성윤리 의식에서 기인한다고 볼 수도 있지만, 실상 이면적으로는 당대의 극심한 궁핍이라는 사회 구조적 모순에서 파생된 결과물임을 확인할 수 있다. 이렇듯 김유정의 소설은 표면적 이해보다는 이면적 독해를

(김유정 문학 자세히 읽기) ··

필요로 하는 아이러니 구조를 띠는 것이 특징이라고 하겠다.

4. 가난 극복을 향한 '금광 캐기'

　1930년대 일제 강점하에 상당수 농민들은, 농촌 수탈 정책으로 인해 자신들의 생활 터전을 잃어버린 채, 유랑 생활을 하게 된다. 따라서, 유랑민의 모습은 정서적 측면에서 나라 잃은 민족의 설움을 체감하게 하면서, 더불어 가난으로 인한 사회 구조적 문제를 야기시킬 수밖에 없게 된다. 그리하여 정상적인 경제력 확보가 원천적으로 봉쇄되어 있는 형국 속에서 농민들은 일확 천금에의 기대감을 품게 된다. 그러한 수직 상승에의 욕망은 금광에서 금덩이를 얻고자 하는 모습을 형상화한 김유정의 일련의 작품에서 확인된다.
　즉,「노다지」「금 따는 콩밭」「금」 등의 작품에서 주요 모티프로 활용된 '금광 캐기'는, 농토를 잃고 떠도는 유랑민의 모습과 더불어 가난 극복을 향한 하층민들의 물질적 집착을 보여주는 것이다. 그러나 그러한 장치들은 욕망의 성취와는 무관하게 하층민들로 하여금 현실적 비애감을 절실하게 각인시켜 주는 소재로 작품 속에서 활용된다.
　「노다지」는 아우인 꽁보와 형인 더펄이의 '금광 캐기'를 통해 목숨과 의리보다 금덩이가 더욱 중요하게 여겨질 수밖에 없는 현실을 풍자하고 있는 작품이다. 예전에 감석을 나누다가 더펄이에게 목숨을 빚진 꽁보는, 노다지를 눈앞에 두게 되자 더펄이가 변심한 것으로 판단하게 된다. 그리하여 노다지를 캐다가 돌더미에 깔린 더펄이를 외면한 채 꽁보는 금덩이를 들고 도망을 가 버린다.

　한때는 더펄이로 인해 목숨을 연명할 수 있었던 꽁보가 노다지를 확보하게 되자 더펄이를 외면해 버리는 모습은 물질에 대한 탐욕을 드러내기도 하지만, 그러한 세태를 잉태한 현실의 모순을 더욱 주목하게 한다. 그렇기 때문에,「노다지」는 물질적 성취가 오히려 정신적 가난으로 변화될 수 있다는 사실을 통해 물질적 탐욕과 더불어 도덕적 타락(불신 풍조)의 문제성을 강화한 작품이라고 볼 수 있다.

　「금 따는 콩밭」은 순박한 소작농인 영식이가 수재의 꼬임으로 자신의 콩밭에서 금을 캐기 위해 사력을 다하는 모습을 그린 작품이다. 아무리 콩밭을 파도 금이 나오지 않자, 결국 수재는 영식이에게 거짓으로 금줄을 확인했다고 이야기하며, 밤에 도망칠 계획을 하게 된다. 속임수에 의해서이긴 하지만, 자신이 소작하고 있는 밭을 엉망으로 만들어 버린 영식이의 모습 속에서, 당대의 소작농들에게 금은 일확 천금의 매력으로 작용함을 확인할 수 있다. 결국, '금을 딸 수 없는 콩밭'은, 식민지 현실 속에서 정상적인 노력으로는 가난을 극복해내기가 어렵다는 사실을 역설적으로 보여준다고 하겠다.

　콩밭을 엉망으로 만든 금점 캐기 작업을 통해 당대의 경제적 모순을 풍자하고 있는 작품이「금 따는 콩밭」이라면,「금」은 자신의 몸을 망가뜨려 감석을 훔쳐낼 수밖에 없는 가난한 광부의 비극적 모습을 형상화한 작품이다. 광부인 이덕순은 가난에서 벗어나기 위해 자신의 다리를 돌로 내려친 뒤, 동무와 함께 감석 세 개를 몰래 감추고 집으로 온다. 하지만, 동무가 감석을 팔

(김유정 문학 자세히 읽기)

아 오겠다고 말하면서 떠나가자, 혹시 다 가져가 버리지는 않을까 하는 염려 속에서 참혹한 비명을 질러댄다.

"팔아 오게."
그제서 마음을 놓았는지 감석을 내준다.
동무는 그걸 받아들고 방문을 나오며 후회가 몹시 된다. 제가 발을 깨지고, 피를 내고 그리고 감석을 지니고 나왔다면 둘을 먹을걸. 발견은 제가 하였건만 덕순이에게 둘을 주고 원 주인이 하나만 먹다니. 그때는 왜 이런 용기가 안 났던가. 이제 와 생각하면 분하고 절통하기 짝이 없다. 그는 허둥거리며 땅바닥에다 거칠게 침을 퇴, 뱉고 또 퇴, 뱉고 싸리문을 돌아나간다.
이 꼴을 맥풀린 시선으로 멀거니 내다본다. 덕순이는 낯을 흐린다. 하는 양을 보니 암만해도, 혼자 먹고 달아날 장본인인 듯. 허지만 설마…….
살기 위하여 먹는걸, 먹기 위하여 몸을 버리고, 그리고 또 목숨까지 버린다. 그걸 그는 알았는지, 혹은 모르는지 아픔에 못 이겨,
"아이구!" 하고 쓰러지는 듯 길게 한숨을 뽑더니,
"가지고 달아나진 않겠지?" 아내는 아무 말도 대답하지 않는다.

—「금」

인용문에서 확인되듯이 덕순이가 '먹기 위하여 몸을 버리고, 목숨까지 버'릴 수밖에 없는 현실은 극한적인 궁핍에 저당 잡힌, 처참한 식민지 하층민들의 모습을 상징적으로 극명하게 보여주고 있는 것이다.
이상의 금에 대한 욕망은 「노다지」에서는 친구에 대한 배신,

「금 따는 콩밭」에서는 거짓 금줄의 확인, 「금」에서는 몸의 망가뜨림이라는 부정적 결말로 종결된다. '금광 캐기' 모티프는 현실적 가난을 극복해 보고자 하는 하층민들의 몸부림을 보여주지만, 결국 그 결말은 허망할 뿐인 것이다. 금광에 대한 욕망은 작중 인물들에게 당대 농촌의 가난한 현실을 극복하기 위한 하나의 선택 방안이 될 수밖에 없었다. 그러나 그러한 욕망은 성취되기보다는 좌절됨으로써, 당대 궁핍한 현실을 상징적으로 보여주면서 작품의 비애감을 더욱 핍진하게 드러낸다.

5. 비정상적인 식민지 현실을 향한 슬픈 풍자

이미 앞에서도 살펴보았듯이 1930년대 식민지 현실은 농민들로 하여금 경제적 궁핍함을 절실하게 확인할 수밖에 없게 한다. 그러한 암울한 현실 속에서 농민들의 대응 방식은 정상적이기보다는 비정상적이고 불합리할 수밖에 없다. 김유정은 그런 슬픈 현실을 「소낙비」「만무방」「땡볕」 등의 작품에서 다양하게 형상화하고 있다.

「소낙비」에서 춘호는 경제적으로 무능력한 노름꾼인 데다가 아내에게 폭력을 휘두르는 남편이다. 춘호는 아내에게 노름 판돈으로 이 원을 해달라고 요구하고 춘호의 아내는 쇠돌 어멈에게 돈을 구하러 간다. 쇠돌 엄마는 동네의 부자 양반인 이 주사와 배가 맞아 팔자를 고치게 된 아낙네이다. 결국 춘호의 아내는 춘호의 노름돈 이 원 마련을 위해 쇠돌 어멈네로 가서 이 주사에게 자신의 몸을 저당 잡힘으로써 경제적 문제를 해결할 수

(김유정 문학 자세히 읽기)

있게 된다.
　결국 노름과 폭력에 찌든 춘호와, 쇠돌 어멈의 매음을 통해 경제적 형편이 나아진 쇠돌 아범 등은 아내의 몸을 매개로 하여 물질적 궁핍을 잠시나마 벗어나는 위선적 인물들이라고 볼 수 있다. 이렇듯 경제적 자립·자활력을 확보하지 못한 춘호와 쇠돌 아범의 모습은 역설적이게도 당대 경제적 궁핍이 얼마나 가정의 비정상적 유지 속에 심각한 사회윤리적 문제를 야기시켰는지를 확인할 수 있게 한다. 또한 전형적인 지주 양반 계층을 대표하는 이 주사는 자신의 욕망만을 채우려는 이기적 부르주아의 모습을 띰으로써, 당대 부유 계층의 몰염치하고 반윤리적인 성향을 그대로 드러내는 부정적 인물상으로 그려지고 있다. 이렇게 보았을 때 춘호나 쇠돌 아범, 이 주사 등의 비정상적인 남성들은 여성을 대상화하는 정신적 불구자들이 된다. 따라서 식민지 시대의 궁핍은 물질적 재부의 소유 여부를 떠나, 온 조선 사회를 정신적·윤리적 불구의 지대로 만들어 버렸다고 할 수 있을 것이다.
　한편, 「만무방」에서 응칠이는 가난 때문에 아내와 헤어지고 백수건달 노릇을 하며 지낸다. 동생인 응오의 논에서 도둑이 벼를 훑어 갔다는 소식을 들은 응칠이는 논에서 도둑을 잡기 위해 기다린다. 하지만, 도둑은 다름 아닌 동생 응오였음이 드러난다. 자신이 소작한 논의 벼를 몰래 훔쳐낼 수밖에 없는 응오의 모습은 일제의 식민지 수탈 정책이 극에 달해 있음을 여실히 보여주는 대목이라고 할 수 있다.

　　그러면 왜 안 털었던가—그것은 작년 응오와 같이 지주 문전에서

타작을 하던 친구라면 묻지도 않으리라. 한 해 동안 애를 졸이며 홀자식 모양으로 알뜰히 가꾸던 그 벼를 거둬들임은 기쁨에 틀림없었다. 꼭두 새벽부터 엣, 엣 하며 괴로움을 모른다. 그러나 캄캄하도록 털고 나서 지주에게 도지를 제하고, 장리쌀을 제하고, 색초를 제하고 보니 남은 것은 등줄기를 흐르는 식은땀이 있을 따름. 그것은 슬프다 하기보다 끝없이 부끄러웠다. 같이 털어 주던 친구들이 뻔히 보고 섰는데 빈 지게로 덜렁거리며 집으로 돌아오는 건 진정 열적기 짝이 없는 노릇이었다. 참다 참다 못해 응오는 눈에 눈물이 흘렀던 것이다. 가뜩한 데 엎치고 덮치더라고 올해는 그나마 흉작이었다.
―「만무방」

일 년 농사를 거둬들인 뒤에 '남은 것은 등줄기를 흐르는 식은땀이 있을 따름'이라는 응오의 독백은 식민지에서 살아가는 대다수 소작농의 절규라는 보편성을 띤다. 이러한 극한 현실 속에서 응오는 결국 자신의 벼를 훔쳐서 병든 아내를 먹일 수밖에 없었던 것이다.

「만무방」의 비극적 현실은 「땡볕」에 이르면 체념적 정서로 나아간다. 덕순이는 땡볕이 내리쪼이는 여름낮에 배가 무거운 아내를 데리고 서울의 대학 병원에 간다. 병원에서 이상한 병을 앓는 사람에게 월급도 주고, 먹이고 입히고 해준다는 말을 들었기 때문이다. 그러나, 뱃속에서 죽은 아이를 꺼내야만 살 수 있다는 간호사의 진단을 받았음에도 불구하고, 덕순이의 아내는 한사코 수술을 거부한다. 그리고는 '사촌 형님께 쌀 두 되 꿔다 먹은 거 부디 잊지 말구 갚'고 남편의 옷을 이웃집에 빨아 달라고 부탁하라는 마지막 유언을 남기면서 죽음을 순순히 받아들

(김유정 문학 자세히 읽기) ....

이려고 한다.

 돈을 벌기 위해 서울로 올라온 덕순이 부부가 가난 때문에 뱃속에서 아이를 죽게 하고, 이제 수술을 거부한 아내마저 죽을 수밖에 없는 암담한 현실은, 땡볕의 혹심한 더위와 맞물려 극심한 가난의 비참한 조선 사회를 상징적으로 드러낸다고 하겠다.

 「소낙비」「만무방」「땡볕」 등의 작품들은 식민지 조선의 궁핍한 현실 속에서 가까스로 버텨내고 있는 농투성이들의 모습을 보여준다. 하지만, 처참한 현실 속에서도 춘호 아내가 남편을 위해 자신의 몸을 저당 잡히는 모습, 지주의 뺨을 때릴 정도로 동생을 위하는 응칠이의 응오에 대한 사랑, 집으로 돌아오는 길에 마지막으로 아내를 위해 자신의 담배 살 돈으로 얼음 냉수와 '왜떡'을 사다 먹이는 덕순이의 모습 등은 억압과 착취와 가난 속에서도, 인간에 대한 놓칠 수 없는, 작지만 끈끈한 애정의 흔적을 보여준다. 그리하여 작품의 비애미는 확장되고, 독자는 비장한 감동을 얻게 된다.

 김유정은 식민지 조선의 비참한 현실을 그려내면서도 그 밑바닥에 깔린 인간애의 원형을 작품 속에서 놓치지 않고 살려냄으로써, 비극적 세계를 애정과 연민의 버팀목으로 밑받침하고 있는 것이다.

6. 청춘 남녀의 사랑

 식민지의 안타까운 현실을 그려낸 작품과 더불어 김유정의 작품 세계의 한 축을 이루는 것은 청춘 남녀의 순수한 애정을 그려낸 작품들이다.「산골」에서의 이쁜이와 석숭이,「봄봄」에서의 '나'와 점순이,「두꺼비」에서의 학생인 이경호와 기생 옥화,「옥토끼」에서의 '나'와 숙이,「동백꽃」에서의 '나'와 점순이 등은 그러한 애정의 다양한 모습을 형상화하는 인물들이다.

「산골」에서 마님댁 씨종인 이쁜이는 서울로 떠난 마님댁 도련님이 돌아오실 날만을 기다리며 세월을 보낸다. 그 와중에 석숭이는 끊임없이 이쁜이에게 구애를 한다. 이기적 욕망만을 채우고 떠난 도련님, 애타는 첫사랑과 신분 상승의 욕망을 버리지 못하는 이쁜이, 도련님을 향한 이쁜이의 편지를 대필해 주며 이쁜이의 사랑을 갈구하는 어리숙한 석숭이 등 이 세 사람의 전형적인 관계 설정을 통해, 이 작품은 전근대적 신분 관계의 모순을 보여주면서 엇나간 관계를 드러낸 소설이다. 그리고「봄봄」에서 나는 데릴사위로 들어와서 점순이와의 혼례를 위해 마름인 장인에게 대드는 머슴으로 나온다. 이 작품은 마름과 머슴 관계라는 계급적 갈등의 소재를 내포하고 있음에도 불구하고, '나'의 우직하고 공격적인 성격을 통해 해학적 결말을 유도해낸 소설이다.

한편,「두꺼비」는 김유정의 자전적 경향이 강한 소설이다. 학생인 이경호는 기생 옥화에게 반해서 연애편지와 반지를 보내지만, 남동생인 두꺼비가 가로채 옥화는 이경호의 존재감을 전혀 눈치채지 못한다. 전형적인 1930년대 유학생과 기생의 사랑을 다룬 연애소설이라고 할 수 있다. 일종의 엽편소설(葉片小說)로 볼 수 있는「옥토끼」는 '나'가 선물로 숙이에게 준 옥토끼를 숙이 아버지가 잡아서 병든 숙이에게 먹인다. 그리하여 나는 옥토끼의 대가를 숙이에게 요구하다가, 숙이가 돈으로 해결하려

(김유정 문학 자세히 읽기) ....

고 하자 돈을 도로 돌려준다. 그리고, '인제는 틀림없이 너는 내 거다'라는 독백 속에 숙이가 자신의 아내가 될 수밖에 없다는 음흉한 속셈을 드러내면서 종결되는 에피소드식 작품이다.

　이러한 일련의 애정소설의 백미는 「동백꽃」이라고 볼 수 있다. 이 작품은 나와 점순이의 닭싸움을 매개로 하여 노란 동백꽃 속에서 행해지는 사랑의 확인으로 결말이 난다. 나의 소극적이고 우직한 성격은 점순이의 영악하면서도 적극적인 성격과 맞부딪치게 된다. 둘 사이가 틀어지게 된 계기는 점순이가 나에게 전해 주려고 했던 애정어린 감자를 내가 안 받아 먹으면서부터이다. 감자 사건 이후, 갈등과 화해의 매개물이 되는 닭싸움이 점순이에 의해 시작되고, 결국, 닭싸움은 내가 단매로 점순네 수탉을 죽임으로써 종결된다. 그리고, '알싸한, 그 향긋한 냄새'가 풍기는 노란 동백꽃밭에서 둘이 서로의 사랑을 확인하게 되면서 작품은 끝난다.

▲ 「동백꽃」의 표지.

　그리고 뭣에 떠다밀렸는지 나의 어깨를 짚은 채 그대로 퍽 쓰러진다. 그 바람에 나의 몸뚱이도 겹쳐서 쓰러지며 한창 피어 퍼드러진 노란 동백꽃 속으로 푹 파묻혀 버렸다.
　알싸한, 그리고 향긋한 그 냄새에 나는 땅이 꺼지는 듯이 온 정신이 그만 아찔하였다.

—「동백꽃」

인용문에서 보이듯이 청춘 남녀의 사랑을 그린 김유정의 대부분의 소설은 명확히 대조되는 남녀의 성격을 통해 상황적 아이러니를 만들어냄으로써, 해학성을 강화한다.

김유정의 인물들이 보여주는 해학성은, 「동백꽃」에서 '나'처럼 우직하고 순박한 성격의 소유자와 '점순이'처럼 영악하고 적극적인 성격의 소유자인 두 유형이 한 쌍을 이루면서 생겨난다. 이러한 두 인물 유형은 이쁜이와 석숭이, 나와 숙이, 경호와 옥화, 「봄봄」의 '나'와 '점순이' 등등에서 비슷하면서도 약간씩 다르게 변주됨으로써, 작품의 갈등과 해학적 결말을 이끌어 오는 인물의 설정이 되는 것이다.

7. 맺음말

김유정의 소설은 한국적 전통의 정서를 유지하면서도, 일제 강점의 비참하고 가난한 현실을 비극적이면서도 해학적으로 형상화하고 있다. 비참한 현실을 그대로 인정하기보다는 고난의 현실을 버텨내는 농투성이들의 모습 속에서 우리는 연민의 감정을 느끼게 된다. 그러한 연민 의식은 김유정 소설이 1930년대 중반의 일제 강점의 냉혹한 현실 속에서 살아가는 순박하면서도 의뭉스러운 인물들을 주로 형상화함으로써, 세태 풍자를 놓치지 않고 있다는 점에서 확인된다.

농토를 잃고 유랑할 수밖에 없는 식민지 조선의 하층민들의 모습은 우리의 현재를 이끌어 온 원형적인 모습을 띠기에 더욱 삶의 애처로움을 빚어낸다. 그러한 애처로움은 김유정의 인물

(김유정 문학 자세히 읽기)

들이 범속하고 투박하면서도 우직한 성격을 지닌 가난한 농투성이들로 형상화되고 있기에 더욱 심화된다. 때로는 이기적 물질욕에 빠져 타자를 곤경에 처하게 만들기도 하지만, 이면에 놓인 식민지 조선의 사회 구조적 모순의 거대한 벽을 체감하게 한다는 점에서, 김유정의 소설은 비극적 현실의 해학적 풍자를 보여준다.

김유정의 소설은 잊혀졌던 과거에 대한 향수와 안타까움을 일깨운다. 그것은 일제 강점의 혹독한 현실 한가운데에서, 한국인의 원형적 모습과 정서를 토속적 방언과 더불어 강원도 두메 산골을 배경으로 형상화해냈기에 가능한 것이다. 그리하여 김유정은 과거에만 국한되지 않고, 고향의 냄새를 물씬 풍기면서 지금도 여전히 현재적 의미망을 넓혀 가고 있는 진행형의 작가라고 할 수 있다.

십대들을 위한
김유정 문학사전

주요 어휘 풀이/김유정 연보/김유정의 문학세계

······ 주요 어휘 풀이 ······

■ 「봄봄」
성례 혼인의 예식을 지냄.
모로 옆으로.
어련하다 이쪽에서 염려하지 않아도 저쪽에서 그 일을 응당 잘 알아서 할 것이니 잘못할 리가 없다는 뜻.
내외하다 남녀간의 예의로 서로 얼굴을 대하기를 피하다.
치성 있는 정성을 다함.
모 붓다 밭이나 논에 못자리를 만들고 볍씨를 뿌리다.
문대다 마구 여기저기 문지르다.
셈속 겉으로 드러내지 않는 속내.
마름 지주의 위임을 받아 소작권을 관리하는 사람.
번히 무슨 일이 그렇게 될 것이 분명하게.
호박개 뼈대가 크고 털이 북실북실한 개.
애벌논 첫번째 김을 맨 논.
안달 소견이 좁아 걸핏하면 속을 태우며 조급하게 번민함.
계제 일의 좋은 기회.
갈 가래. 논이나 늪에서 흔히 자라는 다년생 식물.
삶아 논밭의 흙을 써레로 썰고 나래로 골라서 노글노글하게 만들어.
골김에 홧김에.
사경 새경. 농가에서 일 년 동안 일해 준 대가로 주인이 머슴에게 주는 곡물이나 현금.
대리 '다리'의 사투리.
툽툽하게 너무 잘나지도 못나지도 않고 평범하게.
들까불다 매우 흔들어서 까부르다.
논다 신체 부위가 이리저리 움직인다.
깻박을 쳐서 물건이 담긴 그릇을 떨어뜨려 속엣것을 산산이 흩어지게 만들어.
고대 금방.
되알지게 몹시 힘주어.
맥을 몰라서 맥 모르다. 일의 속내나 까닭을 알지 못하다.
빙장님 '장인'의 높임말.

▲ 김유정이 금병의숙을 세운 곳(강원도 춘성군 신동면).

당조짐 정신을 차리도록 단단히 다짐함.
귀정 잘못되어 가던 사물이 바르게 되어 짐.
정장 고소장을 들고 관부를 찾아감.
논지면 따져서 말하면.
지다위 남에게 의지하고 떼를 쓰는 짓.
욱대기었다 우락부락하게 우겨댔다.
실토(實吐) 거짓말을 섞지 않고 사실대로 말함.
되우 몹시. 심하게.
공석 벼를 담지 않은 빈 가마니.
관격 음식이 급하게 체하여 먹지도 못하고 대소변도 못 보고 인사불성이 되는 병.
휭허케 지체 없이 빨리 가는 모양.
심청 심술.
악장 서로 몹시 악을 쓰며 싸움.

■ 「산골 나그네」
괴괴하다 시끄러운 것이 없어지고 고요하다.
시름 없이 ①근심 걱정으로 맥이 없이. ② 아무 생각 없이.
고적 외롭고 쓸쓸함.
제 때.
짜장 참말로, 정말.

김유정(金裕貞) 연보

1908년 김춘식과 청송 심씨의 2남 6녀 중 차남으로 출생. 본관은 청풍(유정의 출생지가 춘천인지 서울인지 명확하지 않으나 서울인 듯함).
1915년(7세) 어머니 돌아가심.
1916년(8세) 서울집의 이웃 글방에서 한문을 배움(1919년까지 4년간).
1917년(9세) 아버지 돌아가심. 이후 형 유근의 방탕한 생활로 재산이 탕진되기 시작함.
1920년(12세) 서울 재동공립보통학교 입학.
1921년(13세) 재동보통학교 3학년으로 월반.
1923년(15세) 재동보통학교 4학년 졸업(제16회). 휘문고등보통학교 입학.
1924년(16세) 말더듬이 교정소에 다님.
1926년(18세) 휘문고보 4학년으로 진급하지 못하고 낙제함.
1929년(21세) 휘문고보 5학년 졸업(제7회, 통산 21회). 박녹주에게 열렬히 구애하기 시작함.
1930년(22세) 연희전문학교 문과 입학. 제적됨. 춘천에서 들병이들과 어울려 무절제하게 생활함. 늑막염 발병.
1931년(23세) 보성전문학교 입학. 학교에 다닌 흔적은 없음. 춘천 실레마을에서 야학당을 엶. 이후 이를 농우회로 개칭함.
1932년(24세) 농우회를 금병의숙으로 개칭하여 간이학교로 인가 받음. 소설 「심청」 탈고.

인기 인기척.
대궁 밥그릇 안에 먹다 남은 밥. 군밥.
미주알 고주알 속속들이 캐묻는 모양.
대고 함부로 자꾸.
시나브로 모르는 사이에 조금씩 조금씩.
마을 가다 이웃에 놀러 가다.
감사나운 억세고 사나워서 휘어잡기 힘든.
열벙거지 화.
해동갑 어떤 일을 해가 질 무렵까지 계속함.
홀부들해서 몸이 가벼워져서.
일변 한편.
야로 남에게 드러내지 않은 우물쭈물한 셈속이나 수작의 속된 말. 흑막.
갈보 웃음과 몸을 팔며 천하게 노는 계집.
횡보고 잘못 보고.
맥 일의 속내나 까닭.

▲ 휘문고등보통학교 재학 때의 김유정 (1924년).

달포 한 달 이상이 되는 동안.
곰상궂게 성질이 부드럽고 다정스럽게.
악머구리 참개구리를 요란스럽게 잘 운다고 하여 이르는 말.
기직 왕골 껍질이나 부들 잎을 짚에 싸서 엮은 자리.
진배없다 다름이 없다.

1933년(25세) 폐결핵 발병. 소설 「산골 나그네」 「총각과 맹꽁이」 발표.
1935년(27세) 소설 「소낙비」(조선일보 신춘문예 현상모집 당선), 「노다지」(조선중앙일보 신춘문예 현상모집 가작 입선), 「금 따는 콩밭」 「떡」 「산골」 「만무방」 「솥」 「봄봄」 「안해」 발표. 수필 「닙히 푸르러 가시든님이」 「조선의 집시」 「나와 귀뚜람이」 발표.
1936년(28세) 폐결핵과 치질 악화. 소설 「심청」 「봄과 따라지」 「가을」 「두꺼비」 「봄밤」 「이런 음악회」 「동백꽃」 「야앵」 「옥토끼」 「생의 반려」 「정조」 「슬픈 이야기」 발표. 수필 「오월의 산골작이」 「어떠한 부인을 마지할까」 「전차가 희극을 낳어」 「길」 「행복을 등진 정열」 「밤이 조금만 짤럿드면」 발표. 설문에 대한 답변 「우리의 정조」 발표.
1937년(29세) 신병 더욱 악화. 소설 「따라지」 「땡볕」 「연기」 발표. 수필 「문단에 올리는 말슴」 「강원도 여성」 「병상영춘기」 「병상의 생각」 「네가 봄이런가」 발표. 안회남에게 마지막 편지를 씀(「필승전」).
3. 29 사망. 화장하여 재를 한강에 뿌림. 소설 「정분」(「솥」의 초고), 번역 소설 「귀여운 소녀」 「잃어진 보석」, 편지 「강로향전」 「박태원전」 사후 발표.
1938 단편집 『동백꽃』(삼문사) 발간.
1939 소설 「두포전」 「형」 「애기」 사후 발표.

▲ 고향에 세워진 김유정기적비 제막식.

계배 술값을 계산함.
마수걸이 첫번에 상품이 팔리는 것으로 미루어 예측하는, 그날 영업의 운수.
각수 돈을 셀 때 '원'을 단위로 하여 남는 몇십 전을 이르는 말.
확 절구의 아가리로부터 밑바닥까지의 구멍.
키 곡식 따위를 까부르는 그릇.
버캐 간장이나 오줌 따위의 액체 속에 염분이 엉겨 된 찌끼.
다기지다 보기보다 마음이 굳고 야무지다.
다붙다 사이가 뜨지 않고 꼭 닿다.
뇌다 잘 알아듣도록 하려고 한 말을 자꾸 하고 또 하다.
선채금 신랑집에서 신부집으로 혼인 전에 보내는 채단(비단)금.
거춧군 일을 거추하여(도와서 주선하다) 주는 사람.
깝신대 채신 없이 까불거리는.
걸쌈스럽게 남에게 지고자 아니하여 억척스럽게.
왜포 무명 올로 서양목처럼 폭이 넓게 짠

베. 광목(廣木).
사발허통 주위에 막힌 데가 없이 사면 팔방이 툭 터져서 몹시 허전함.
거방진 허위대가 큼직하고 하는 짓이 점잖아 무게가 있다.
별러 여러 몫으로 고르게 나누어.
거문관이 (지명) 강원도 춘천시 신동면 증리 실레에 딸린 작은 마을. 거문가니.
토파 속마음을 다 드러내어 말함.
동곳 상투에 꽂는 물건.
비드름하다 밖으로 조금 뻗은 듯하다.
번차례로 돌아가며 서로서로 번갈아 드는 차례로.
벼까라기 벼의 낟알 끝에 달린 수염.
만뢰 자연계에서 일어나는 온갖 소리.
영산 억울하게 화가 나서 덤벼드는 모양.
허룩하다 없어지거나 줄어지다.
딴은 하기야. 정말로.
관솔불 관솔(송진이 많이 엉긴 소나무의 가지나 옹이)에 붙인 불.
질펀하다 넓게 열린 평평한 땅이 툭 트이다.
마장 오 리나 십 리가 못 되는 거리를 이를 때 쓰는 단위.
골골하다 병이 잦거나 오래되어 늘 몸이 약하다.

■ 「솥」
매함지 둥글고 평평하여 맷돌을 앉히기에 알맞은 함지.
치받이 집의 천장 산자 안쪽으로 바르는 흙, 또는 그 일.

맥 기운이나 힘.
데퉁스럽다 말과 짓이 거칠고, 융통이 없어 미련하다.
호포 봄 가을 두 철 집집마다 물던 세금.
기수 이미 일을 다 마침.
떡메 떡을 치는 방망이.
궐자 '그 사람', '그'를 홀하게 쓰는 말.
되술래잡다 마땅히 사죄해야 옳을 일을 도리어 남을 나무라다.
게정 불평을 품고 떠드는 말과 행동.
낟가리 낟알이 붙은 곡식을 쌓은 큰 더미.
안담 남의 책임을 맡아 짐.
끌밋하다 밋밋하고 깨끗하다.
거냉(去冷) 약간 데워 찬 기운만 없앰.
황감하다 황송하여 감격하다.
번히 분명한.
그악스럽다 지나치도록 심하다.
댕댕하다 힘이 세다. 태도가 당당하다.
통사정 저의 사정을 남에게 알림.
바특이 가깝게.
숭 '흉'의 사투리.
여일 처음부터 끝까지 한결같음.
쾌쾌하다 굳세고 씩씩하며 시원스럽다.
거나하다 기분이 좋을 정도로 술이 취해 얼근하다.
오입 외도.
눅치다 좋은 말로 풀어서 마음이 누그러지게 하다.
열파 찢어 결딴냄.
개동 동이 틈.
제겨디디며 발끝이나 뒤꿈치로 땅을 디디다.

검흐르다 그릇 따위의 전을 넘쳐 흐르다.
매대기 정신을 잃고 아무렇게나 하는 몸짓.
덧내다 잘못 다루어 일이 악화되다.
동살 잡히다 동이 터서 훤한 광선이 비치기 시작하다.
결기 몹시 급한 성질.
경풍 몹시 놀람.
감때사납다 억세고 사나워서 휘어잡기 힘들다.
암기 시기심.
종국 끝판.
거반 거의.

■ 「산골」
수퐁 수풀.
구미가 젖히다 입맛이 없다.
머구리 개구리.
면구쩍다 남 보기가 부끄럽다.
여밀히 한결같이.
암팡스럽게 몸은 작아도 힘차고 다부지게.
무색하다 볼 낯이 없다.
앙살 엄살을 부리며 버티고 겨룸.

▲ 경춘가도 의암 호숫가에 있는 김유정문인비.

▲ 「동백꽃」 집필 무렵의 김유정.

어례 어렵게.
안차다 마음에 무서움이 없이 깜찍하다.
구메밥 감옥에서 구멍으로 죄수에게 주는 밥.
토설(吐說) 숨겼던 사실을 비로소 밝혀 말함.
출중(出衆) 뭇사람 속에서 뛰어남.
버덩 높고 평평하며 잡풀만 많은 거친 들.
뺑손 뺑소니. 몸을 빼쳐 급히 달아나는 것.
김매다 논밭의 잡초를 뽑다.
귀둥대둥 함부로 저지르고, 주책 없이 지껄이는 모양.
소위(所爲) 하는 일. 하는 짓.
엇먹는 언행을 사리에 맞지 않게 비꼬다.
는실난실 성적 충동으로 야릇하고 잡스럽게 구는 모양.
역심(逆心) 반역하려는 마음. 모반하려는 마음.
선불 설맞은 총알. 빗맞은 총알.
흘게 늦은 하는 짓이 야무지지 않고 느슨하다.

풍설 실상이 없이 떠돌아 다니는 말. 풍문.
웅숭깊다 (생각이나 뜻이) 매우 넓고 깊다.
설핏하다 해가 져서 밝은 빛이 약하다.
꺽지 '꺽저기'의 준말. 농어과의 민물고기.
세우 자주.
진대 남에게 떼를 쓰다시피 괴롭게 굴어대는 짓.
격지 여러 겹으로 붙은 켜.
일쩌웁시 일쩝다. 일거리가 되어 귀찮다.
속달다 어떤 일에 애가 타고 안타까워지다.

■ 「동백꽃」
얼리다 서로 얽히게 되다.
대강이 '머리'의 속어.
실팍하게 옹골차고 다부지게.
덩저리 '덩치'의 속어.
해내다 상대방을 여지 없이 이겨내다.
면두 '볏'의 사투리.
헛매질 치는 척하면서 딴 데를 침.
쪼간 사건. 일. 문제.
쌩이질 한참 바쁠 때 방해하는 일.
긴치 않은 쓸데없는.
항차 하물며.
얼병이 얼간이.
배재 마름과 소작인 사이에 교환한 소작권 위임 문서.
달리면 모자라면.
봉당 한옥에서 안방과 건넌방 사이에 있는 마당.
쮀지르다 '쥐어지르다'의 준말. 주먹으로 힘껏 지르다.

울섶 울타리를 만드는 데 쓰는 나뭇가지.
서슬 언행의 날카로운 기세.
배냇병신 태어날 때부터의 병신.
대거리 상대하여 대듦.
침해(侵害) 침범하여 핍박함.
배차 대응책.
턱 그만한 정도.
하비다 날카로운 것으로 긁어 파다.
쟁그럽다 미운 사람의 실수를 볼 때 아주 고소해 하다.
하릴없이 어쩔 수 없이, 할 수 없이.
물부리 담뱃대의 끝에 끼워 입에 물고 빠는 쇠나 옥돌로 만든 물건.
삭정이 산나무에 붙은 채 말라 죽은 잔 가지.
목정강이 목덜미를 이루고 있는 뼈.
호드기 버들 가지나 밀짚으로 만든 피리.
빈사 거의 죽게 된 지경에 이름.
걱실걱실히 서글서글하고 부지런하게 시원시원하게.
단매 한 번 때리는 매.
복장 가슴 한복판.
역정 화.

■ 「노다지」
노다지 목적한 광물이 쏟아져 나오는 광맥.
칠야(漆夜) 아주 캄캄한 밤. 흑야(黑夜).
만귀 잠잠하다(萬鬼潛潛) 깊은 밤에 모든 것이 다 자는 듯이 고요하다.
바랑 길 가는 중이 등에 지는 자루 같은 큰 주머니. 배낭.

옹송그리고 춥거나 두려워서 몸을 옹그리고.
야기(夜氣) 밤의 눅눅한 기운.
신청부 같다 근심 걱정이 많아 자질구레한 일은 좀처럼 돌아볼 여가가 없다.
자즈레한 자질구레한.
뭉글뭉글한 멍울진 물건이 손에 쥐기 어렵

김유정의 문학세계

김유정은 우리 민족의 정서적 원형 공간인 강원도 두메 산골의 향토적 세계를 줄곧 형상화하면서, 일제 강점기의 비극적 농촌 현실을 구어적 어투의 활용을 통해 핍진하게 그려내고 있다는 점에서, 향토성·해학성·풍자성을 겸비한 대표적인 1930년대 작가 중의 한 사람으로 평가받고 있다.

방언과 비속어, 토속어 등의 활용을 통해 향토적 서정을 작품 배면에 깔면서도 「노다지」「금」「금 따는 콩밭」 등에서는 금을 통한 물질적 재부의 성취욕이 허망한 결말을 내릴 수밖에 없음을 풍자하고 있으며, 「산골 나그네」「소나기」「만무방」「땡볕」「아내」「솥」 등의 작품에서는 일제 강점의 가난한 농촌 현실 속에서 드러나는 제반 모순점들(들병이 문제, 유랑민의 문제, 지주의 착취, 성 윤리의 왜곡, 물질적·정신적 궁핍)에 대해 비극적 풍자의 모습으로 형상화하였고, 「산골」「봄봄」「동백꽃」 등의 작품에서는 청춘 남녀의 애정을 다루면서 신분적 차이 속에서 벌어지는 갈등을 서정적이면서도 해학적으로 드러낸 작가로 손꼽힌다.

▲ 김유정을 기리는 제5회 유정의 밤(1976년, 춘천 시립 문화관).

도록 몹시 미끄러운.
잠채 몰래 들어가 채굴함.
논으맥이 나누어 먹기.
금점 금광.
대중 겉으로 대충 어림함.
메지메지 좀 큰 물건을 여럿으로 나누는 모양.
욱기 욱하는 성미.
게정 불평스럽게 떠드는 말과 행동.
좀팽이 체격이 작고 잔망스러운 사람.
벽채 광산에서 광석을 긁어 모으거나 파내는 데 쓰는 쇠연장.
천행(天幸) 하늘이 준 다행.
형우 제공(兄友弟恭) 형제가 서로 우애를 다함.
시적시적 마음에 없는 것을 억지로 참으면서 말이나 행동을 하는 모양.
훔척훔척 보이지 않는 데 있는 것을 찾으려고 잇따라 더듬거리는 모양.

저미다 얇게 깎아내다.
열적다 열없다. 조금 부끄럽다.
자위(自慰) 스스로 위로하여 안심을 얻음.
고의(袴衣) 남자의 여름 홑바지. 중의(中衣).
매시근하다 몸에 열이 있거나 하여 느른하고 기운이 없다.
실팍한 사람이나 물건이 보기에 매우 튼튼한.
화수분 재물이 자꾸 생겨서 써도 줄지 아니함을 이르는 말.
뻐듬한 밖으로 조금 내뻗은 듯한. '버듬한'의 센말.
버력 광물의 성분이 섞이지 않은 잡석.
관솔 소나무의 송진이 많이 엉긴 부분.
동발 구덩이 양쪽에 세워서 버티는 통나무 기둥.
만감 광맥에 고루 들어 있는 감돌. ↔ 버력.
둥개다 일을 감당하지 못하고 쩔쩔매면서 뭉개다.
푸둥이 풋내기.
무람없이 예의 없이.
중턱 (산, 고개 등의) 허리쯤 되는 곳.
동발 지게 몸채의 아랫부분.
마구리 ①물건의 양쪽 머리의 면 ②길쭉한 물건의 두 끝에 덮어 끼우는 쇠붙이 따위.
된바람 빠르고 세게 부는 바람.

■ 「금 따는 콩밭」
간드렛불 광산의 갱내에서 켜들고 다니는 카바이드 등.

귀중중하다 더럽고 지저분한 느낌이 있다.
이르집다 껍질을 뜯어 벗기다.
암팡스러이 몸은 자그마하여도 힘차고 다부지게.
메떨어진 모양이 어울리지 아니하다.
구접 너절하고 더러운.
천판 광구덩이의 천장.
바지게 발채를 얹은 지게.
풍치 허풍치는.
기수 스스로 돌아가는 그 자신의 길흉화복의 운수를 이름.
걸때 사람의 몸집의 크기.
굿문 구덩이의 문. 갱구.
떠름하여 마음에 달게 여기는 것이 없어서.
포악 사납고 악함.
허구리 허리의 좌우쪽 갈비 아래의 잘록한 부분.
귀살적다 물건이 흩어져 뒤숭숭하다.
밭도지 빌려서 농사 짓는 밭의 세금.
엇먹다 언행을 사리와 어긋나게 하다. 남의 말을 엇대며 비꼬다.
이력 지금까지 거쳐 온 직업·학업 등의 내력.
김을 매다 논밭의 잡풀을 뽑거나 흙으로 덮어 버리다.
객설 객쩍은 말.
조당수 좁쌀 가루에 술을 쳐서 미음 비슷하게 쑨 음식.
일쩝게 일거리가 되어 귀찮거나 불편하게.
지지하게 무슨 일이 오래 끌기만 하고 보잘 것 없게. 시시하고 지저분하게.
가로지 ①종이 뜬 자국이 가로놓인 종이

▲ 김유정이 고향에 심은 느티나무.

결. ②길종이·피륙 등의 가로로 넓은 조각. ↔세로지.
재우쳐 동작을 빨리 하여 몰아쳐.
시체(時體) 그 시대의 새로운 풍속.
희짜 뽑다 속은 텅텅 비어 있어도 겉으로는 호화롭다.
코다리 명태.
진언(眞言) 주문.
버듬히 밖으로 조금 내번은 듯한.
허울멀쑥한 겉모양이 지저분함이 없이 맑고 깨끗한.
국으로 생긴 그대로, 주제에 알맞게.
난장 맞을 뜻에 맞지 않아 못마땅함을 저주하는 말.
한양 한가로이 몸을 다스림.
노량 천천히. 느릿느릿.
좌기 기세가 꺾임.
염의 없다 체면 없다.
흘게 늦은 매듭·사개·고동·사북들의 죈 것이 단단하지 못한. 느슨한.
장구(長久) 길고 오램.

토록 원광맥에서 떨어져 다른 잡돌과 함께 광맥 밖의 겉에 드러나 있는 광석.
옥다 장사 등에서 본전보다 밑지다.
피륙 필로 된 베·무명·비단 등의 총칭.
장리 곡식을 대차하는 데 붙는, 1년에 본 곡식의 절반이 되는 이자.
불풍이 나다 매우 바쁘게 자주 드나들다.
얼뺨을 붙이다 얼떨결에 남의 뺨을 때리다.
마뜩지 않게 마음에 마땅하지 아니하게.
방자 남이 못 되기를 귀신에게 비는 것.
건사하다 잘 간수하여 지키다.
맥 보다 다른 사람의 뜻이나 눈치를 살피다.
창망할 만큼 실심(상심)할 만큼.
암상 남을 미워하고 샘을 잘 내는 잔망스러운 심술.
숨 모는 숨이 끊어져 가는.
올찬 야무지고 기운찬.
설면설면 자주 못 만나 조금 낯선 모양.
뽕이 나다 비밀이 탄로나다.

■ 「금」

도적 도둑.
대거리 밤낮으로 일하는 작업장에서 일꾼이 교대하는 것을 말함.
구붓하고 조금 굽고.
들피진 주려서 몸이 몹시 여위고 기운이 약해진.
잡도리 잘못되지 않도록 단단히 주의하여 다룸.
페지다 미어지거나 터짐을 당하다.
효상 역괘(易卦)의 길흉의 상(象)의 하나

(=괘상).
누덕누덕 헤어진 데를 붙이고 또 덧붙인 모양.
힘이 어리다 경험이 적거나 수준이 낮다.
항용 드물거나 귀할 것 없이 보통임.
벤또 '도시락'의 일본어.
체신 없다 처신을 경솔히 하여 남을 대하는 위신이 없다.
파수 경계하여 지키는 사람.
덤터기 남에게 넘겨 씌우거나 넘겨 맡는 걱정거리.
동관 같이 일하는 동료.
시새우다 서로 남보다 일이 나아지게 하려고 다투다.
들레다 야단스럽게 떠들다.
등거리 등만 덮을 만하게 걸쳐 입는 속옷.
새내끼 '새끼줄'의 사투리.
염량 선악과 시비를 분별하는 슬기.
밍밍하다 음식물의 맛이 몹시 싱겁다.
팔팔결 엄청나게 딴판인 일이나 모양.
겯고 틀다 서로 지지 않으려고 버티어 겨루다.
복대기치다 세차게 복대기다(여러 가지 일에 몰려 정신을 못 차리다).
무질러지다 ①끝이 닳거나 잘라져 없어지다. ②중간이 끊어져 두 동강이 나다.
간드레 광산의 갱내에서 켜들고 다니는 카바이드 등.
장본인 어떤 일을 만들어낸 사람.
희떱게 소리 가진 것이 적어도 많은 것처럼 손이 크고 마음이 넓게.

■ 「소낙비」
자실 듯이 '먹을 듯이'의 존대말.
맷맷한 몸이 거침새 없이 길고 곧은.
묵새긴 한곳에 묵으면서 세월을 보낸.
고리삭은 젊은이가 말이나 짓이 풀이 죽어 늙은이 같은.
타곳 다른 곳. 제 고향이 아닌 곳. 타향.
알랑한 무엇을 얕잡아 평가할 때 시시하고 보잘것 없는.
모지락스리 억세고 모진 듯하게.
잼처 다시. 되짚어. 거듭.
모질음 고통에 견디어 버티려고 모질게 쓰는 힘.
황그리는 욕될 만큼 매우 낭패를 당한.
땅띔도 못 해 전혀 손댈 수 없는.
영산이 올라 신이 나서.
종댕기 '종다래끼(짚이나 싸리로 엮어 만든 작은 바구니'의 사투리.
거하다 나무나 풀이 무성하다.
잔약한 튼튼하지 못하고 아주 약함.
긁히미다 긁혀서 상처가 나다.
허비적거리다 손톱이나 발톱이나, 또는 날카로운 물건으로 자꾸 긁어 생채기를 내어 해롭게 하다.
해갈 갈증을 풀어 버림.
소출 논밭에서 곡식이 생산되는 상황. 또는 그 나는 양.
시새우다 저보다 나은 사람을 투기하다.
계추리 삼베 겉껍질을 긁어 버리고 만든 실로 짠 삼베의 한 가지.
풍설 실상이 없이 떠돌아다니는 말.
비양거리다 뽐내어 거드럭거리다.

▲ 김유정기적비.

옥생각 사리를 잘못 깨닫고 그릇되게 하는 생각.
깝살리다 찾아온 사람을 따돌려 보내다.
겨끔내기 자꾸 번갈아 하기.
살풍경 아주 보잘것 없이 너무 멋쩍거나 쓸쓸한 풍경.
지우산 대오리(가늘게 쪼갠 대나무)로 만든 살에 기름 종이를 바른 우산.
음충히 마음이 검고 불량스럽게.
어름어름한다 달을 우물쭈물하며 똑똑하지 않게 하다.
산드러지게 태도가 가볍고 맵시 있게.
헝겁스러운 너무 좋아서 정신을 못 차리는 모양으로.
방고래 방 구들장 밑으로 있는 고랑. 불길과 연기가 통하여 나가는 길.
메떨어지다 모양이 어울리지 아니하다.
주리 죄인의 두 다리를 묶고 그 틈에 두 개

▲▲ 1984년 하명중 감독이 만든 영화 「땡볕」의 한 장면. 조용원과 하명중이 주연을 맡았다.
▲ 1969년 김수용 감독이 만든 영화 「봄봄」의 한 장면. 남정임과 신영균이 주연을 맡았다.

의 주대를 끼워 비틀던 형벌.
앵하다 어떤 일에 손해를 보았을 때 마음이 분하고 아깝다.
천행 하늘이 준 다행.
악다구니 서로 욕하고 싸우는 짓, 버티고 겨룸.
표랑 일정한 목적지가 없이 떠돌아 헤맴.
피폐 지치고 쇠약해짐.
발복 운이 틔어 복이 닥침.
배포 머리를 써서 이리저리 조리 있게 계획함.
다부지다 힘드는 일에 능히 견뎌낼 강단이 있다.

개신개신 게으르거나 가냘픈 사람이 힘없이 몸을 움직이는 모양.
변통 일의 경우에 따라 이리저리 잘 처리함.
적이 다소, 약간.
등걸잠 옷을 입은 채 덮개 없이 아무 데서나 쓰러져 자는 잠.
몽상 꿈을 꾸듯 헛된 생각을 함.
모집다 모조리 집다.
어릿어릿하다 말과 행동이 활발하지 않고 생기가 없이 움직이다.
얼뜨다 다부지지 못하고 정신이 얼빠진 데가 있다.
바특이 바짝.
메나리 농부들이 흥겨워 부르는 노래의 한 가지.
얼레빗 빗살이 성긴 큰 빗.

■ 「땡볕」
중복 허리 중복 때가 지나는 아주 더운 고비.
차지해 놓고 내버려 두고.
부대 몸집이 뚱뚱하고 큼.
꺽지다 억세고 용감하다.
소문 여성의 음부.
단언 주저하지 않고 딱 잘라 말함.
사불여의 일이 뜻대로 안 됨.
살똥맞은 말이나 행동이 독살스럽고 당돌한.
비소 코웃음.
뚱싯뚱싯 몸을 둔하게 움직이는 모양.
왜떡 밀가루나 쌀가루를 짓이겨 얇게 늘여서 구운 과자.

논술 포인트 10

1 「노다지」에서 드러나는 '금'의 의미를 작품 내용을 토대로 밝히고, 당대 현실과 관련지어 논술하시오.

Point 「노다지」의 주인공인 꽁보와 더펄이는 의형제 사이이다. 일 년 전에 몸이 허약한 꽁보가 친구들에게 맞아 죽기 직전에 단단한 체구의 더펄이가 구해 주면서 의형제를 맺은 것이다. 그만큼 둘의 사이는 의리로 끈끈히 맺어진 관계이지만, 실제 노다지를 앞에 둔 상황에서 꽁보는 더펄이에게 의심의 눈초리를 보내게 된다. 금을 캐낸 이후, 자신을 해하고 힘센 더펄이가 모든 것을 장악해 버릴지도 모른다는 의심 때문이다. 그러다가 더펄이가 노다지를 캐던 중 돌더미에 깔리자 더펄이를 외면한 채 꽁보는 금덩이를 들고 도망가 버린다. 노다지를 발견하기 직전에, 결혼한 누이를 목숨에 대한 은혜 갚음으로 더펄이에게 주기로 약속까지 했었지만, 노다지에 눈이 먼 꽁보는 도망을 친 것이다.

1930년대 중반, 일제 강점하의 농촌 현실은 농토를 잃고 떠도는 유이민이 급속히 확산되던 시기이다. 따라서 소작조차도 부쳐먹지 못하던 사람들은 일확 천금을 향한 욕망을 불태울 수밖에 없었던 것이 현실이다. 그러한 현실을 적실하게 형상화하면서도, 물질적 탐욕에 눈이 멀어 의리를 저버리는 이기적인 꽁보의 모습을 통해, 작가는 당대의 사회적 모순이 인간에 대한 기본적 신뢰감조차도 형성할 수 없게 만드는 현실을 풍자적으로 그려내었다고 볼 수 있다.

논술 포인트 10

2. 「금 따는 콩밭」에서 드러나는 '금'과 '밭'의 의미를 작품 내용을 토대로 밝히고, 반어적 제목의 의미를 논술하시오.

***P**oint* 소작농인 영식이네는, 금점을 따라 떠도는 금광쟁이 수재가 영식이네 콩밭을 캐면 금이 나올 것이라고 하는 말을 수 차례에 걸쳐 듣고, 그 꼬임에 넘어가 수재와 더불어 콩밭을 파기 시작한다. 하지만, 열흘이 넘도록 콩밭을 파도 금줄은 소식이 없고, 꿔온 양식 빚만 늘어 가고, 마름과 지주에게는 콩밭을 뒤엎었다고 호되게 욕을 얻어먹게 된다. 그러다가 어느 날 수재가 황토를 보며 금줄을 발견했다고 하자 영식이네는 '고래등 같은 집'을 연상하며 환상에 젖어든다. 하지만 수재는 거짓말은 오래 못 가기 때문에 '오늘 밤에는 정녕코 꼭 달아나리라'고 생각을 한다. 모사꾼 같은 수재의 꼬임에 빠져 콩밭을 망가뜨리게 된 소작농 영식이 부부는 가난 때문에 어리석은 행동을 할 수밖에 없는 농투성이들의 모습을 보여준다. 금이 나올 리 없는 콩밭에서 일확 천금을 기대하기보다는, 소작 일지라도 콩을 수확하는 것이 현실적임을 그들도 모를 리 없지만, 워낙 궁핍한 삶을 이어 가는 사람들이라 수재의 꼬임에 쉽게 넘어가 버리는 것이다. 하지만 콩밭을 뒤엎어 금밭으로 만들고 싶다는 배금주의적 욕망은, 역으로 일제 강점기의 가난한 농촌 현실을 극명하게 보여준다고 할 수 있다. 따라서 「금 따는 콩밭」이라는 제목은 결국 '금을 딸 수 없는(혹은 따지 못하는) 콩밭'이라는 의미를 띤다는 점에서 반어적 제목으로 활용되고 있으며, 나아가 일제 강점기의 가난한 농촌 현실을 풍자적으로 드러내 주는 상징적 장치가 됨을 확인할 수 있다.

논술 포인트 10

3 「금」에서 드러나는 '금'의 의미를 작품 내용을 토대로 밝히고, '금'의 사회적 의미를 당대 현실과 관련지어 논술하시오.

𝒫 oint 난장판 같은 금점의 광부인 이덕순은 감독의 눈을 피해 금을 갖고 나오기 위해 친구와 약속을 하고 돌로 자신의 다리를 내리친다. 병원으로 가야 함에도 집으로 온 덕순이는 아내의 앞에서 다친 다리를 싸맨 굴복을 풀러 보지만, 다리는 '어느 게 살인지, 어느 게 뼈인지' 분간하기 힘들 정도로 으스러져 있다. 친구가 덕순이의 약값을 위해 금을 처분하기 위해 떠나는 뒷모습에서, 덕순이는 친구가 금을 가지고 달아나 버릴지도 모른다는 생각에 빠진다.

덕순이가 고통에 못 이긴 채 참혹한 비경을 지르며 끝나는 이 작품은, 사람이 살기 위해서 음식을 먹지만, 먹을 것이 부족할 때 먹기 위하여 몸을 버리고, 목숨까지 버릴 수밖에 없는 비참한 현실을 광부 이덕순의 모습을 통해 비극적으로 형상화한 작품이다. 정상적인 방식으로는 가난을 벗어날 수가 없기에 자신의 몸에 자해를 하면서까지 금을 몰래 가져 나올 수밖에 없는 현실은 일제 강점의 가난과 고통이 농민들을 극한 상황으로 내몰고 있음을 적나라하게 보여준다고 할 수 있다.

결국 '금'이라는 것은, 일제 강점기의 참혹한 현실 속에서 가난의 해소를 위한 하층민들의 물질적 측망의 최대치에 놓여진 물질의 의미를 띠지만, 그것을 획득하기 어렵다는 점에서 현실적 가난을 더욱 극명하게 보여주는 상징적 소재라고 할 수 있다.

논술 포인트 10

4 「소낙비」에서 춘호와 쇠돌 아범, 이 주사의 성격에 대해 근거를 들어 비판하고, 그들의 공통점에 대해 시대적 현실과 연관지어 비판적으로 논술하시오.

Point 춘호는 노름과 폭력에 찌들어 사는 경제적 무능력자의 모습을 띠고 있다. 특히 자신의 아내에게 노름에 쓸 판돈을 구해 오라고 하는 모습에서 위선적인 인물임을 확인할 수 있다. 쇠돌 아범도 경제적 무능력자임과 동시에, 쇠돌 어멈의 매음을 통해 경제력을 회복했다는 점에서 윤리적 비판을 빗겨 갈 수는 없다. 따라서 이들은 아내의 몸을 매개로 하여 물질적 궁핍을 잠시나마 벗어나는 위선적 인물들이라고 볼 수 있다. 나아가서 이렇듯 경제적 자립·자활력을 확보하지 못한 춘호와 쇠돌 아범의 모습은 역설적이게도 당대 경제적 궁핍이 얼마나 심각한 사회윤리적 문제를 야기시켰는지를 확인하게 한다. 또한, 전형적인 지주 양반 계층을 대표하는 이 주사는 남의 아내를 돈으로 차지함으로써 자신의 욕망만을 채우는 부도덕하고 이기적 부르주아의 모습을 띤다. 그리하여 당대 부유 계층의 몰염치함과 반윤리적인 성향을 드러내는 부정적 인물이라고 볼 수 있다. 암울한 일제 강점하에서 가난 문제를 자신의 힘으로 극복해내려 하기보다는 매음을 통해 일시적으로 극복하게 되는 쇠돌 아범과 춘호나, 돈으로 남의 아내를 자신의 노리개로 삼는 이 주사 등의 남성들은 식민지 여성의 이중적 억압(식민지 사회로부터의 억압/남성으로부터의 억압)을 강요하고, 여성을 대상화하는 정신적 불구자들이라고 볼 수 있다. 따라서 식민지 시대의 궁핍은 조선 사회를 정신적 불구의 지대로 만들어 버렸다고 할 수 있을 것이다.

논술 포인트 10

5 「솥」에서 '솥'의 상징적 의미를 밝히고, 근식이의 행위에 대해 비판적으로 논술하시오.

Point 「솥」에서 '솥'은 원래 근식이가 사 년 전에 아내를 맞아들일 때 행복을 예약했던 솥이다. 그러므로 근식이 부부의 단란했던 시절을 회상하게 하는 소재라고 할 수 있다. 그러나 아내의 속옷과 함지박 등속에 뒤이어 '솥'까지 들병이인 계숙이에게 갖다 바치면서, '솥'은 예약된 행복이 파기되었음을 드러낸다. 그러므로 결말 부분에 들병이인 계숙이의 남편이 들고 가는 '솥'은, 근식이 부부의 행복이 사라져 버렸음을 암시한다고 할 수 있다. 또한 '솥'을 들병이에게 갖다 주는 근식이의 행위는, 가난한 살림의 문제를 스스로 극복하기 위해 노력하기보다는 들병이라는 타자에게 의지해서 해결하려고 한다는 점에서, 수동적이고 부정적인 성향을 드러낸다고 할 수 있다.

하지만 근식이의 태도가 한 개인의 문제가 아니라고 본다면, 현실적으로 농사를 통해 먹을거리를 해결하기 힘든 현실이 한 가족의 가장으로 하여금 아내를 버리고 들병이를 따라나설 마음까지 먹게 했다고도 볼 수 있다. 따라서, 이러한 설정은 당대의 피폐한 현실 생활의 막막함을 상징적으로 드러내는 장치라고 할 수 있다.

논술 포인트 10

6 「동백꽃」의 주인공인 '나'와 '점순이'의 관계와 성격을 밝히고, 이 작품의 해학성에 대해 논술하시오.

Point 「동백꽃」의 화자인 '나'는 소작인네 아들이라는 신분적 제약으로 인해, 마름집 딸인 '점순이'에 대해 정서적 거리감을 느낄 수밖에 없다. 열여섯 살의 사춘기 청춘 남녀가 산골 마을에서 생활하다 보니 애정이 생길 법도 하지만, 계급적 한계로 인한 '나'의 소극성은 적극적인 애정 표현을 못 하게 만드는 것이다. 하지만, '나'와는 달리, '점순이'는 계급적 인식으로 인한 거리감보다는 '나'에 대한 호감 속에서 감자를 주는 행위를 통해 자신의 애정을 구체적으로 표현하는 적극성을 띤다. 그러나, "느 집엔 이거 없지?"라는 점순이의 반어적 애정 표현을 '나'가 '가진 자의 여유'로 오판하게 되면서, 이 작품은 마름네와 소작인네 닭싸움이라는 갈등과 대립까지 치닫게 된다. 하지만 위기는 호기의 다른 이름이듯이, 점순네 닭을 내가 죽임으로써 갈등은 종결되고, 점순이와 나는 동백꽃이 흐드러지게 핀 곳에서 서로의 애정을 확인하게 된다.

점순이와 나의 대리전 성격을 띠는 닭싸움을 중심으로 점순이의 적극적이고 영악한 성격과 나의 소극적이고 우직한 성격이 충돌하면서 이 작품의 해학적 성향은 극명히 드러난다. 특히 이 작품의 해학성은 1인칭 주인공 시점의 특성을 잘 살린 나의 우직한 성격에서 확인할 수 있다. 점순이의 적극적 애정 공세를 전혀 눈치채지 못한 채 일관하는 나의 순박하면서도 어리석은 태도에서 이 작품의 서정적 해학성은 더욱 강화되고 있는 것이다.

> 「봄봄」에서 '나'와 '점순이', '장인'의 관계와 성격을 밝히고, 이 작품의 풍자성에 대해 논술하시오.

Point 열여섯의 점순이는 내성적인 성격의 소유자이지만, 남성에 대한 호기심이 커지면서 데릴사위인 '나'에게 관심을 기울이게 된다. 그리하여 나에게 장인의 수염을 잡아채라는 말까지 겉으로는 내뱉게 되지만, 실상 정말로 그렇게까지 하라는 의미는 아니었다는 것이 결말 부분에 가서 확인된다. 그러므로 「봄봄」에서의 점순이는, 「동백꽃」에서의 점순이와는 달리, 내성적이면서도 가부장적 인식을 지닌 성격의 소유자라고 할 수 있다. 반면 '나'는 마름집에 머슴으로 온 데릴사위이지만, 노동력의 대가인 새경을 받지 못함으로써 끊임없이 장인에게 대드는 우악스런 성격을 지니고 있다. 장인의 다리를 붙잡고 늘어질 정도로 적극적이고 문제적 인물이라는 점에서 봉산탈춤의 '말뚝이'나 춘향전의 '방자' 같은 인물형으로서의 역할을 하고 있다고 할 수 있다.

「동백꽃」의 화자인 '나'가 순박하면서도 어리석고 아직 어린 티를 벗지 못한 소년에 가깝다면, 「봄봄」의 화자인 '나'는 그 소년이 십 년 정도 흐른 뒤의 모습을 띠면서, 이제는 세상 물정에 대해 어느 정도 알게 된 청년이라고 할 수 있다. 그렇기 때문에 장인이 보여주는 마름집의 행패에 대해 대항을 하고 자신의 권리를 요구하는 것이다. 이 작품은 장인의 속셈과 나의 우직함이 빚어내는 갈등에서 해학성을 띠기도 하지만, 기본적으로 계급적 적대 관계인 마름과 머슴의 갈등이라는 소재를 통해 일제 강점기 농촌 사회의 왜곡된 현실에 대해 공격하며 비판하는 풍자성을 더욱 짙게 드러내고 있다고 할 수 있

논술 포인트 10

다.
즉, 「동백꽃」이 나와 점순이의 애정 관계를 해학적 측면에서 그려낸 작품에 해당한다면, 「봄봄」은 머슴인 나와 마름인 장인과의 대립 관계 속에서 계급적 갈등을 풍자적으로 형상화한 작품에 해당한다고 볼 수 있다.

8

「산골 나그네」에서 '산골 나그네'의 행동에 대해, 덕돌이의 입장과 병든 남편의 입장에서 각각 살펴보고, 그 의미를 당대 현실과 연관지어 논술하시오.

Point   '산골 나그네'는 병든 남편과 떠돌이 생활을 하는 비렁뱅이이다. 실제로 그녀는, 애초에는 덕돌이와 홀어머니를 속이려는 생각이 없었다는 점으로 미루어 볼 때, 순박한 성품의 소유자라고 할 수 있다. 그러나 덕돌이와 혼례를 올린 뒤, 그녀의 순박한 성품은 병든 남편에게로 시선이 돌아갈 수밖에 없었을 것이다. 따라서 덕돌이의 입장에서 보면, '산골 나그네'는 지아비를 버리고 옷을 훔쳐 달아난 거렁뱅이에 불과한 모습을 띠지만, 병든 남편의 입장에서 보면, 자신을 버리지 않은 은인의 입장이 되는 것이다.

'산골 나그네'의 행동의 중의성은 바로 전 남편과 지금 남편 사이 즉, 병든 전 남편과 건강하고 듬직한 현재 남편 사이에서 발생한다고 하겠다. 실상 '산골 나그네'의 입장에서 본다면, 오히려 병든 남편을 버리고 덕돌이와 사는 것이 경제적으로는 나았을 것이다. 그러나 자신의 병든 남편을 위한다는 입장에서 그녀는 과감히 안락한 공간을 저버리고 떠돌이 생활을 계속하는 것이다.

그러므로 덕돌이를 떠나, 병든 남편과 '산골 나그네'의 유랑하는 모습은, 일제 강점하에서 농촌 수탈의 현실이 얼마만큼 심각한 도덕적 파탄을 야기시키고 있는가를 극명히 보여주는 장치임과 동시에 현실적 비애감을 강화시켜 주는 역할을 하고 있는 것이다.

9

「땡볕」에서 덕순이 부부의 수술을 거부하는 태도의 비극성을 밝히고, 현재적 관점에서 비판적으로 논술하시오.

Point 시골에서 농사를 짓다가 서울로 올라온 덕순이와 덕순이 아내는 당대 유랑민을 대표하는 인물들이라고 볼 수 있다. 장사를 위해 서울로 올라오긴 했지만, 밑천이 없는 그들에게는 몸이 재산일 뿐이다. 그러나 아내의 배가 불거져 아이가 뱃속에서 죽었음에도 불구하고, 그들은 병원에서 주는 월급을 기대하며 병원을 찾는다. 배를 쨀 수 없다며 죽음을 거부하는 아내의 모습은 가난에 찌들어 살아가는 민초들의 처절한 몸부림을 느끼게 한다. 한편 집으로 돌아오는 길에 마지막으로 아내를 위해 자신의 담배를 살 돈으로 얼음 냉수와 '왜떡'을 사다 먹이는 덕순이의 모습은 억압과 착취와 가난 속에서도 놓칠 수 없는, 부부간의 끈끈한 애정의 흔적을 보여준다는 점에서 감동적이라고 할 수 있다. 그러나 현재적 관점에서 본다면 아내를 살리기 위해서는 무조건적으로 수술을 받게 했어야 한다. 아이는 다시 생길 수 있지만 아내마저 잃게 된다면 덕순이는 더욱더 힘겨운 생활을 버텨내야 하기 때문이다.

논술 포인트 10

10 「산골」에서 이쁜이가 도련님과 석숭이에게 보이는 태도에 대해 봉건적 관점과 현재적 관점으로 나누어 비판적으로 논술하시오.

Point 마님댁 씨종인 이쁜이는 자신의 첫정을 준, 서울로 간 도련님을 잊지 못한 채 자나깨나 그리워하면서, 석숭이에게 편지를 써 줄 것을 부탁한다. 이쁜이의 도련님에 대한 일방적인 애정을 석숭이는 아는지 모르는지, 이쁜이가 자신의 아내가 되어 줄 것만을 바라며, 도련님을 향한 이쁜이의 연서(戀書)를 써 준다. 봉건적 관점에서 보면 이쁜이는 자신의 첫사랑의 연인과의 약속을 지키려는 모습을 띤다는 점에서 긍정적이라고 볼 수 있다. 그러나 그것은 신분적 차이를 뛰어넘어야 가능한 현실이기 때문에, 현실적으로 불가능하다. 양반과 몸종과의 관계는 봉건적 계급 관계를 뛰어넘어 평등한 부부관계로 실현될 수 없기 때문이다.

그러나 현재적 관점에서 보면, 이쁜이의 태도는 지나치게 의존적이며 수동적인 자세를 보인다는 점에서 부정적이라고 할 수 있다. 사실 도련님은 양반이라는 자신의 신분을 앞세워 이쁜이를 농락한 파렴치한에 불과하다. 따라서 이쁜이에게 적극적인 애정 공세를 펼치는 석숭이와의 관계 개선이 이쁜이로 하여금 자신을 농락한 과거의 남자(도련님)를 잊고 새 삶을 시작할 수 있게 만들 수 있는 것이다.

결국 이 작품은 봉건적 관념에 빠져 있는 이쁜이의 모습을 통해 근대적 공간 속에 살아 있는 봉건적 잔재의 흔적을 그리고 있다고 할 수 있다.